U0026494

我們生來就不是為了取悅別人

達達令——著

目錄

目錄

我們總是互相羨慕

我們看到那些有著精彩經歷的人們，
總覺得那樣的人生太拚了，
於是安慰自己此生平凡而過也好，
但很多人不明白的是，平凡並不代表無所作為了呀，
平凡並不代表就碌碌而過此生了呀。
平凡不是無趣，更不是毫無止境的自我安慰。

我的同事D先生，趁著股市勢頭，投入六位數的本金，上個星期的收入是七位數，這個過程只用了不到兩個月的時間，一時間公司上下無一不把D先生當神一樣的人物追捧。

這段時間裡，周圍的同事一直跟D先生取經問道，還有人提議要投錢進去請他幫忙操作，後來D先生終於發話了，告訴大家：我不會幫別人炒股，這是我的原則，因為我自己有贏有輸的經驗，但是每個人能承受的底線都不一樣，所以我不會把時間花在鼓勵或者說服別人再堅持一下；另外是我從八年前開始投資股票，我每天看盤兩個小時，一年三百六十多天從未間斷過，你們只看到了我這兩個月所謂的大賺一筆，可是分攤到我這八年的每一天的研究中，這點錢又算得了什麼呢？

這番話說完，就再也沒有人吵鬧跟騷擾了。

前段時間很流行反手摸肚臍，我認識的一個好友安娜有一天在社群網站上發了三張圖片，分別是前年、去年以及今年的六月一號的自己，照片裡的她身材苗條緊實，一身小麥色皮膚，而且一年比一年更瘦更健康，她在全身鏡前替自己拍了自拍照，三張照片裡穿了同一件緊身的黑色小禮服，看上去性感至極讓人噴血，其中最後一張就是她輕易就反手摸到了自己的肚臍眼。

果不其然，短短幾分鐘內，這張圖片下的留言就如放水的閘門一樣，讚美膜拜各種羨慕嫉妒恨無所不有，也有很多女生請教安娜是怎麼保持身材的。

然而過了一會，在這些嘰嘰喳喳的評論之後，我看到安娜在底下有些生氣的回應了幾句：那些說我整容的人，我有那閒錢還不如先買一間房子給自己算了；那些每一次都問我怎麼減肥的朋友，我已經回覆你們很多次了，不要再說我假清高不理你們了。

在這個看臉的世界裡，那些離我們很遠的人就值得我們羨慕，而身邊突然冒出一個這麼優秀的女生，誰還受得了？不去嫉妒已經算是萬幸的了。

於是我留言給安娜，說你不要跟這些人計較，社群網站本來就是個不能太看重交情的地方，大家也就是行一下點讚評論之禮，用不著那麼認真；然後我說那些發問的人不是覺得簡直不敢相信或者吵著要答案嗎？那你就試著給出一個像樣的答案，看看他們會是什麼反應。

安娜聽了我的建議，刪掉之前那則有些情緒化的留言，然後在這篇發文下統一回覆了一段話：從來都是只見賊吃肉不見賊挨打，在這剛過去的半年裡，我跑了三百多公里，用壞兩個瑜伽墊，平均一週三到七次，每次一到三個小時，每次二到四種不同運動；我十六歲開始，從中午帶著一個蘋果去健身房，再到去健身房教別人，心裡有些懈怠但是從來沒有中斷過；健身是一條賊船，上去了就下不來了，說多了都是淚……

在這份蕩氣迴腸而不失幽默的高冷回應之後，終於，再也沒有人敢提出質疑了。

2

我回想起高中那一年，隔壁班有個女生剛入學的時候是個大胖子，加上她本身皮膚很白，看上去就像一個膨脹的饅頭，或者就是一個女版杯麵★，可惜她沒有溫暖很多人，反而是被班上的同學各種取笑，因為除了胖以外，這個女生還帶了牙套，她很愛笑，一張口就是那一排灰灰的塑膠跟鋼絲，像極了周星馳電影《功夫》裡的包租婆跟《食神》裡的莫文蔚的結合版。

我不記得她的名字了，就叫她笑笑吧。

我沒有戴過牙套，不知道那是什麼感覺，但是我知道，笑笑每天吃三餐都是比上課念書還痛苦的事情，高一那年，聽說她只能吃流質的食物，而且一開始即使是流質的食物，經過嘴巴牙縫裡也疼得臉部直抽搐，為了充分攝取每天的營養，她要喝好幾種豆類熬成的粥，飲料就是牛奶，因為不能吃肉，每個星期還得去醫院補充各種維生素。

高二那年，笑笑漸漸適應了戴牙套的生活，雖然周圍總有男生笑話她，但是青春期的時光裡，被笑話的不只她，還有很多其他的男生女生們都會被彼此笑話，所以她依舊還是那個喜歡大笑的女孩，依舊露出滿口的牙套，可能是我們也習慣了，反倒也覺得沒有那麼嚇人了。

高三的時候笑笑已經完全瘦下來了，不是跟她的過去相比的那種瘦，而是站在女生人群堆裡她也是身輕如燕的那一款。

到了高三下學期，笑笑終於摘掉了牙套，說實話那應該是我們所有人第一次看到沒

★杯麵：迪士尼動畫電影《大英雄天團》（Big Hero 6）當中的主要角色，是一個白白胖胖的可愛機器人。

有戴牙套的她吧，我清楚記得那是一個週一的上午，我們在做早操，早操之後有例行的演講，笑笑站在舞臺的階梯上準備上臺，手上沒有拿演講稿，她穿著一身白色的連衣裙，微微一笑，露出一口整齊的白牙，這一刻我看到的場景是，排隊中的所有男生都躁動了，女生們也跟著騷動了。

很多年以後我回想起來，我覺得大家跟我的感受應該是一樣的，就是這個一直在我們身邊的普通女同學，不知道哪一天突然變身成一個大美女，我們認真上課低頭匆匆行走，班上男生喜歡的女生都高調的在講臺上寫黑板，而笑笑只是坐在角落裡默默複習功課，下課的時候忍著牙痛想辦法喝足這一天營養所需要的湯湯水水，日復一日，這三年就這麼過來了。

後來高三的下半學期裡，笑笑身邊時時刻刻圍繞著一群熱情的男生，簡直是從路人變成了公主的待遇，笑笑沒有理會這些人，繼續保持著像以前那樣的生活節奏。

但是大學考試的前一個月，笑笑突然交了一個男朋友，主角就是隔壁理科班的校草兼學霸級人物，學校校長很著急，怕影響備戰大學考試，於是特別和兩人談談，笑笑直接就跟校長說，我都努力三年了，就這一個月的時間，我能落後到什麼程度？校長無話可說。

一個月大學考試後成績出來，笑笑跟學霸男友都考上了排名前段的好學校，兩人成了學弟妹的榜樣，老師請笑笑去向低年級的同學演講，笑笑拒絕了，說我是靠這牙套拯救自己的，我總不能鼓勵所有的人都戴個牙套去虐死自己吧？

畢業聚餐那一天，趁著氣氛好，有人問了笑笑一句，你這三年到底瘦了多少啊？

笑笑回答，高　入學那天是七十三公斤，今天早上剛量過是四十三。

在場的有男生喝著啤酒一口噴了出來，大喊著你這差不多真的就瘦了另一個自己啊！

還有女生八卦的問，你為什麼考前一個月接受了你男朋友的表白啊？

笑笑回答說，當年自己醜，所以只能好好讀書來強大自己的內心了，至於後來那個學霸男生跟我表白，我覺得他不僅僅是看到了我的外表，也更是看到了我的內在跟努力，但是我從來不會因為以前他沒發現過我，而是後來我好看了才看上我而難過，如果真要說原因的話，那也是我以前的外在還沒到能給他一個機會發現我內在的入口，僅此而已。

這一刻，我覺得笑笑才是我們班上，或者就是我青春歲月裡的女神級人物。

昨晚我看見有人分享了爾冬升導演的一部新片《路人甲》的宣傳海報，我是個對文字敏感的人，所以海報文案部分我都一一認真讀下來了。

六個來自不同城市不同年齡的人，有人是應屆畢業生，有人已經結婚生子，有人賣過保險，有人學過中醫，還有退伍軍人，以及做過協警的人，這幾個普通人如今的相同之處是，都在橫店跑龍套，海報上的文案寫的是「我在橫店尋夢奮鬥」，實際上就是混日子。

我不知道在這些橫店漂泊的千千萬萬人群中，將來會出幾個王寶強，看新聞說有臨時演員扮鬼子四年裡「死」上六千次，還經常遭遊客扔鞋，但是就是在這些不起眼的路人甲裡，也必定會有將來能走出來的所謂「角兒」，只是想起這個很渺小的機率時會覺得有些恐慌，但是很多時候就是時間這個大浪淘沙的玩意，會篩選出最後的那個人選，**這個人選可能一無所有，有的只是他的堅持罷了。**

我的信箱每天都會收到很多人的提問，說當不知道自己的方向是什麼的時候，純粹的堅持有意義嗎？

因為每個人的人生狀況不一樣，很多時候我不敢輕易回答這樣的問題，如果建議繼續追夢，那勢必有很多人會一股腦的往前衝；但是如果建議回歸平淡生活，可是你內心的那個自己是不安分的，那終歸也會過得萬般痛苦。

大三那一年暑假我到北京的媒體實習，住在大學附近五個月的時間，那段日子我白天出去採訪寫稿，晚上就會去大學校園裡散步，很多跟我一樣人來人往的同齡人腳步匆匆。

有天夜裡我跟一個一起來實習的同學散步，身邊走過兩個高高的女生，典型的白瘦美，外加都是一頭烏黑的長髮，我盯著她們的背影一副羨慕的表情，誰知我身邊的同學說了一句，算了吧，能長成這樣不是整過的就是抽過脂的，而且你看看人家那屁股那麼翹，肯定墊了好幾層東西，有這個錢怎麼就不把胸部多升級幾個罩杯呢……巴拉巴拉……

本來想反駁的我終究沒有插上一句話，我只是默默的走著，腦海裡想起當年高中那個叫笑笑的女孩，她也許現在就在這個校園的角落裡行走著，她可能也正在經歷著這個場景，就是走過任何女生身邊的時候，背後可能都會傳來一個聲音：「你看看前面那個綠茶婊，一定有整過……」

那一刻我開始反思，以前的自己總是狹隘的以為，生活中那些長得好看又有才華的人就是來製造仇恨的，他們讓我感覺到這個世界的不公平與深深的自卑，可是如今的我開始明白，其實這才是真正的公平。

我聽過一個有魅力的女前輩的人生格言，她說身邊的人都說，反正人都是要老去的，要那麼美有什麼用？然後她的回應就是，**那也要證明給我自己看，我美過，我全力以赴過。**

3

作家村上春樹先生打從決定以寫作為生的時候，就開始晨跑，你會看到他的很多觀點裡都會有關於跑步的邏輯思考，他說，世上時時有人嘲笑每日堅持跑步的人「難道就那麼盼望長命百歲嗎？」我卻認為，因為希冀長命百歲而跑步的人，大概不多，懷著「不能長命百歲不打緊，至少想在有生之年過得完美」這種心情跑步的，才比較多。

我身邊認識的創業者都維持著很好的習慣，哪怕是健身鍛煉，哪怕是下廚，有個創業者是個很執拗的人，為了在尾牙上鼓勵員工唱好一首歌，他偷偷去KTV一個人練了很久，所以當我再遇見這些優秀的人，我心裡的聲音就是，與其抱怨自卑，不如把別人的精神拿來警醒自己一點點也好。

我相信天賦的力量，比如會有人告訴你，「我生來就會這個，這些事情我不知道怎麼就會做了，也不需要人教我……」

但是對我而言，我相信這背後一定有他們的堅持，那些發現了自己的天賦並去延續下去的人，久了即使不說會變成一種專長，但絕對已經是他個人魅力的一部分了。

我們看到端上來的菜色很美味，然後告訴自己算了我此生就當個不下廚房的吃貨就好；我們看到路上經過的大美女，忍不住罵一句「肯定是整過的」來安慰自己；看著寫得一手好字的井柏然被字型公司千金買斷★，心裡安慰自己「人家本來就是明星」，要知道我也是看訪談節目才知道，他是一年前才開始手寫練字的，真的不過一年時間而已，更何況他比普通人忙多了吧？

我們看到那些有過精彩經歷的人們，總覺得那樣的人生太拚了，於是安慰自己此生平凡而過也好，但是很多人不明白的是，**平凡並不代表無作為了呀，平凡並不代表就碌碌而**

★井柏然字型：井柏然為中國知名男明星，除了長相出眾、影歌雙棲，更寫了一手好字，後來井柏然的字體被知名字型公司買斷，成為付費字體。

過此生了呀。

平凡不是無趣，更不是毫無止境的自我安慰。

我身邊有朋友加入知名的跑團，每週都會跑很遠的行程參加公益活動；有全職媽媽每天做蛋糕給自己的寶寶，然後得到了社群網站上一眾好友的追捧，順便接了很多訂單；也有男性朋友把自己的薪資全部存下來給自己每年一次旅行，儘管很多人心心念念著也要去看世界，可是有多少人是真的上路了呢？

我的同事姐姐今年四十歲，她說想五十歲的時候開畫展，希望自己的退休生活能有個院子，種花種草，於是她去年買了畫畫工具，報名美術班每週上一次課，還跑到郊區買了一間樓中樓，然後開始籌備自己的花花草草小院該怎麼設計……

我的想法是，也就十年的時間，可是有人說，天啊！這得準備十年！可是不管怎樣，她已經開始了，並且一直持續著，她是我身邊最有超級執行力的人。

我們經常被媒體形容為壓力最大的一代，但是我依然要感激這個時代，讓我們一年獲得的資訊知識經驗，賽過我們的父輩十年甚至更多，我也更加敬佩身邊這些看起來熱血勵志的榜樣，其實他們就是生活裡的路人甲，形形色色大街小巷上最普通不過的人，但是從他們身上我明白的是，不管你有沒有醒悟並且開始執行，這一群相信時間的力量的人，他們已經在路上了。

那些我曾經嗤之以鼻的不公平，這一刻我突然發現，原來這才叫成人世界裡的公平。

很多時候「時間」
會篩選出最後的那個人選，
這個人選可能一無所有，
有的只是他的堅持罷了。

活到幾歲
就可以放棄理想了？

很多我們以為當下過不去的坎，
那是因為我們在心裡讓自己過不去，
也就是說，很多時候都是我們自己為難了自己。

我的資料夾裡收藏了一篇文章，是關於一個女上司寫給自己下屬的信，在這封信裡，這個自稱老女人的上司告訴這個前幾分鐘因為受委屈而剛哭過的辦公室新人女孩：「也許生活要讓每一個女孩都從一場痛哭開始，了解它玫瑰面紗背後的真面目；而每一個女孩，在生命中的某個時刻，都會被這樣的嚴酷恐嚇得失去鬥志。」

此刻我的面前就來了一個被生活嚇得失去鬥志的女孩。

六月初的某一天，有個女生私訊我，說不會搭配衣服，問我能不能給些建議？跟很多其他私訊我的人一樣，我覺得這個問題太廣泛，於是就沒有回應。

幾天後，我在社群網站上貼出自己做飯的圖片，這個女生留言：請問青菜怎麼做好吃？我心裡想這個孩子有些意思，但是因為太忙也沒有及時回覆。

前天，這個女生說想聊聊天，當時我正在跟朋友聚會，晚上回家打開社群網站，發現很長很長一段私訊，這個女生把自己的當前狀況一一告訴我。

她大學時候很努力很認真，畢業後回到家鄉上班，工作一年後發現自己不喜歡小地方了，於是辭職準備考研究所，這一年雖然分數高，但是英語未達標，她希望明年再考一次，這個決定讓全家人反對。

這些年來，家人一直要她考家裡有點關係的公務員職缺，說是鼓勵，其實跟施壓差不多，每一年她都進入面試階段了，但是結果就是考不上，因為家裡的關係也就那樣了，而家人卻完全沒有意識到這一點，依舊每年要求她繼續考公務員。

在這一年年的準備之中，她心裡還念著考研究所的事情，但是周圍的一切氣氛都是不支持這件事情的，從行動到精神上的反對，所以至今她還沒有開始準備考研究所。

女生告訴我，她覺得自己才二十四歲，還沒有老到沒有資格顧及理想的地步，而且她很難過，感覺快要活不下去了。

看完最後一句話，我心裡恐慌萬分，不知道該怎麼安慰她，於是我回想了一下，我的二十四歲那一年在幹什麼？

我記得最清楚的一次哭泣，是我跟我的男朋友吵著要分手，覺得他不夠理解我，聽不懂我說的話，那天夜裡我在舍監關門前溜了出去，一個人在大學校園裡遊蕩，冬天的夜裡突然下起大雨，我冷得直發抖，走在湖邊的時候看到一個男人從我身邊走過，然後又倒退回來走向我，我下意識飛奔逃跑，跑回宿舍門口的時候發現腳上的鞋和身上的錢都沒了，舍監沒有罵我，開門讓我回到宿舍，我冷得趕緊鑽進被窩，連衣服都沒有來得及換。

第二天早上起來我若無其事的刷牙洗臉，然後聽到隔壁同學傳來的討論，說有一個學院的女生承受不住考研究所的壓力，昨天夜裡跳湖輕生，後來被救起來也神志不清了，同學們的討論中有人說：「或許她不是真的瘋了，她只是不願意再醒著面對這個世界了。」那一刻我扔下漱口杯放聲大哭，牙膏泡沫從我嘴裡肆無忌憚的彈在臉上，射進眼睛裡，辣得我直疼。

那一刻我想起自己前一夜的任性出走，想起那個湖邊向我靠近的男人，開始想像一切可怕的結果，然後心裡陣陣發抖，而讓我恐慌的不僅是這個，而是這個處於考研究所壓力下的女生，她的輕生行為帶給我的震撼。

我一直以來算是個比較內向的孩子，上大學後想的事情多了，曾經有過一段時間的憂鬱，但是我最最痛楚的極限最多也就是歇斯底里的大哭一場，就再也不會有進一步絕望的行動了，可是這一次的事情讓我開始意識到，如果一個人不開始拯救自己，那麼最後真的會走向極端。

經過那一次，我開始試著寫一些文字剖析我自己，試著找關係好的同學去聚餐跟出遊，開始適當的找一些可以獎勵自己的事情，比如說買一件衣服或者一個背包，其實做這些事情對於解決根本問題並沒有實際幫助，但是我的壓抑情緒還算是得到了舒緩。

2

回到前面這個女生的私訊，我沒有經歷過考研究所的痛苦，但是我的閨蜜W小姐是考過兩次的人，我的室友也在那一年裡經歷各種煎熬後來考上了上海交大，然後我隔壁寢室的同學那一年沒有考上研究所，於是她開始工作，工作了三年，去年她拿到了香港大學的研究所錄取通知書。

我身邊這些女生，一樣經歷過壓力與挫折，但是在我跟她們每次的近況更新中，她們從來沒有過自斷後路的狀態，雖然每一個人都喊著口號要拚命全力以赴一次，但是即使失敗了，她們也是經過一段時間的失落，便開始為自己的下一階段謀劃。

工作幾年後，我總會問她們，有沒有覺得當年考研究所的自己很厲害？她們的回答都是：「算了吧，比起現在經歷的各種壓力跟難處，那個時候的挫折根本就不是什麼大事！」

你有沒有發現，過來人回憶往事的時候總喜歡輕描淡寫，這不是因為她們或者我們不願意面對過去，所以刻意模糊回憶，而是因為我們當下思考的心境不一樣了，我們所面臨的人生困難又高了一個等級，根本就來不及感嘆往事以及體會當年的艱難。

我想表達的是，很多我們以為當下過不去的坎，那是因為我們在心裡讓自己過不去，也就是說，很多時候都是我們自己為難了自己。

就好比這個私訊我的女生，說家裡逼自己考公務員，所以不得不去準備，明知道家裡的關係幫不上忙，也要滿足家人的願望。

我沒有告訴她的是，我媽至今每一個星期的電話裡都還在勸我回老家考公務員，可是這四年下來我媽發現我自己如今過得也不差，公司會負擔勞健保，我自己也開始理財，為自己買了保險跟基金，她知道了一件事情，就是我可以把自己的人生過好，於是她也就妥協了。

至於考研究所這件事情，放大到整個人生來說，這還不至於達到「感覺自己快活不下去」的程度，因為你會發現，出社會工作以後，那些讓自己快要活不下的事情太多了，案子寫不出來被老闆罵，天天擠公車地鐵，有時候沒來得及吃早餐差點要暈過去；男朋友覺得壓力太大不想跟我在一起了，我覺得我再也沒有人要了；再過幾年結婚生子發現要跑無數政府機關辦理諸多證件，於是覺得以前那些個職場挫折又不過是個小case。

無論是考研究所還是去哪裡工作，無論是結婚還是考慮是否要生孩子，沒有人拿著刀架在你的脖子上要求你一定要這麼做，很多時候是我們自己造了一把劍，當自己不夠好的時候，就捅自己一下，再做得不夠好就再來一刀，不到幾年下來，傷痕累累，心力憔悴，完全不像個人，而你身邊那些為你好的家人朋友呢，會繼續對另一個孩子諄諄教導「你要考公務員考到成功為止哦……」

去年有一集《奇葩說》，辯論女王馬薇薇說過一個觀點，「近義詞辨析親人與親戚：平時操心你生活費的是親人，結婚關心你禮金的是親戚；生病來照顧的是親人，死了來送奠儀的是親戚；怕你過得不開心的是親人，嫌你活得沒價值的是親戚；學會對親人說謝謝，學會對親戚說呵呵。」

這個反雞湯的段子難免有些偏激，但是在我的邏輯裡，我給這個私訊裡的女生的答案就是，如果你沒有辦法面對家人說服家人，那就放過自己好了，方式有很多種，最有效的就是離開當下這個環境讓一切都冷卻，將家人的嘮叨冷藏起來，讓你自己心裡的煩亂平靜下來，然後等一個心平氣和的日子，問問自己內心的聲音：如果我沒有考上研究所，如果我沒有考上公務員，我是不是就真的活不下去了？

幾秒鐘之後，你會發現這根本是一個弱智的問題，甚至就不是個問題。

大部分的我們，都陷在死胡同裡了，我的一個前同事一直喊著要跳槽，從去年開始他就告訴我，說現在經驗不多想先等等，過一段時間告訴我說最近手上有專案先忙完了再說，再到過年的時候說先等年終獎金下來，三月份的時候告訴我說主管找他談心說再過幾個月一定會調薪，現在六月份到了，他告訴我說現在是求職旺季，不適合換工作。

後來我就漸漸不再給他任何建議或者推薦任何工作的資訊了，因為我每一次的建議他都會拿「我知道這個不錯……可是……算了還是等等吧！」的句子來回答我。

前幾天他發訊息給我：「這一次我真是要走了，這個破地方我受夠了！」我不再有任何安慰，就回覆說：「開歡送會的時候叫我一起啊！」

可想而知，現在還沒吃到這一頓飯呢。

我想起保養品牌OLay有一次做過一個系列叫「二十五歲之選」，當時我一直不知道這個廣告的賣點在哪裡，直到後來我自己到了二十五歲那個點，我開始意識到自己不能像以前那樣肆無忌憚的吃吃喝喝，不能什麼保養品也不用就頂著很醜的素顏出門，更加不可以不化妝不卸妝隨便將就了。

如今雖然隨著開始學會調節自己的心態，我覺得自己的外在跟二十五歲以前相比反而更好了，但是我開始明白一件事情，就是二十五歲是一個階段，一個可以解讀為有儀式感的階段。

我們從學校走進社會，開始承擔更多壓力，也要學會更大步提升自己，我們周圍的人際關係不再僅僅是同年齡層的人，更要面對各種社會角色任務，除去這些有些壓力的措辭，另一面也意味著，我們可以見識到更多更大的世界，心智會更加成熟，還有機會賺錢享受到很多以前沒有過的體驗，也開始學會越來越愛護自己。

當我列出這些讓我有生活下去的動力時，卻有很多一九九〇年出頭的孩子跟我大吐苦水，說覺得自己的人生過得很糟糕一無是處，不願意再過下去了。

我心裡很生氣，但是沒有一一回覆這些來信的孩子，什麼叫過不下去了？生活的本意本來就是殘酷的，也就是說不管你願不願意，這日子都得過下去，當你明白這個道理，為什麼就不試著在接受這個殘忍的真相以後，試著去改善些什麼呢？

在我的價值觀裡，比我們過得好的人太多了，過得比我們苦的也大有人在，我不會勸說這些覺得迷茫的孩子，更不會告訴你們不要跟別人比要跟自己的過去比，因為你要明白一個道理，當你躊躇於當前並為過去的不完美生活而耿耿於懷的時候，那些比你更落後的人早就已經透過努力走在你的前頭了。

逆水行舟，不進則退，根本就不是要勸說孩子努力學習的勵志句子，而是**每個人對自己人生的轉捩點的承受能力以及能夠解決問題繼續前進的速度比拚**啊！

「有些人二十五歲就死了，但是直到七十五歲才被埋葬。」這是美國政治家兼科學家富蘭克林的名句，這裡的「死」雖然只是個比喻，但是如今我們之中大部分的人，有誰不是過早的將自己安排進一個靜止的生活模式了呢？

我看很多前輩在而立之年繼續創業，有些人花甲之年還在環遊世界，旅行路上也看到很多手藝人心懷一個信仰，於是會在一個小民宿裡住上很久，我跟身邊的人分享這些故事的時候，總會聽到一些負能量的聲音，**「我們跟他們不一樣，真的！」可是細細想來，這**

個世界裡又有誰是跟別人一樣的呢？

我要謝謝這個女生的私訊，讓我自己提起理想這個詞彙，在我有限的世界觀裡，我暫時還沒有提煉出我此生的理想，但是我心裡給自己的聲音就是，切記不要與自己的平凡為敵，因為你打不過這個世界的起起伏伏，你更沒有標準去評判什麼樣的生活是平淡的，什麼就是出眾的，因為對我來說，那個每天堅持早上六點起床為自己做早餐的女同事，在我眼裡她就是個不平凡的人。

我很難去定義一個年齡，告訴你或者我自己到底什麼時候就沒有資格追尋夢想了，到底什麼時候就要跟生活妥協了，在我的理解裡，如果一個人有夢，即使此生都不一定實現，但是這個埋藏在心裡偶爾撞擊一下自己的信仰力量，說不定就是一個人能夠保持對這個世界美好嚮往的武林秘笈呢！

我們每一個人都是這樣過來的，再也沒有比二十三四歲的迷茫跟絕望更理直氣壯的事情了，但是絕望的另一面，意味著我們的承受極限又提高了一層境界，這意味著我們可以更加酣暢淋漓的面對這狗血的生活了！

不要與自己的平凡為敵，
因為你打不過這個世界的起起伏伏，
你更沒有標準去評判什麼樣的
生活是平淡的，
什麼就是出眾的。

我們生來
就不是為了取悅別人

每個人的背後都可能藏著另外一個有意思的自己，
這個自己不是為了取悅他人，
更不是為了向別人證明自己有多厲害，
這個自己只是純粹因為喜歡一件事情，
這種愛好會讓人置身其中，情不自禁。

我的大學是文科類院校，但是即使如此，大部分中文系的學生都是成績分發來的，所以大部分同學都自認為自己很委屈，不喜歡系上安排的課程，就更別說是熱愛了。

可是C同學卻不是，C先生是個書呆子，對於系上安排的課程，他總是一節不落的上課，需要完成某個主題作業的時候，他總是會很用心的去圖書館查資料，有時候一待就是一整天，當別的同學想辦法在網路上查找相關的資料複製貼上的時候，他總是一板一眼的自己一個人慢慢寫出來，也不去管身邊任何人的熱烈討論。

從某種生活標準來判斷，C先生是個很無聊的人，甚至有點死板，我們有幾個同學比較懂玩，有時候會找C同學一起吃飯，有一次我們一行人在點菜的時候聊著該吃什麼，C同學自己一個人擺弄著碗筷，然後突然嘴裡說了一句「無邊落木蕭蕭下，不盡長江滾滾來」。

我們一行人當時就被震住了，問C先生說的是什麼意思，他慢悠悠的回答，你們不是在討論要吃什麼嗎？我覺得在武漢就是要嘗一下武昌魚不是嗎？那必定就是長江裡濤濤駭浪的既視感了嘛！

聽完這一段話，在座的其他人包括我一行人定格了三五秒，然後瞬間爆發出一陣狂笑，身邊有男生吼了一句：「你說的是個什麼鬼東西，我們就吃個飯你犯得著這麼文藝嘛！」還有人說：「你這樣太矯情太文縐縐了，搞得我都不敢大張旗鼓的談論八卦無聊的事了！」

那一刻我看到C先生滿臉通紅，大概是覺得自己的言行跟眼前的這個飯局的狀態不對，但是因為都是同學，大家也不太計較，說話都很直接，我能感覺到這頓飯C先生吃得不是很舒服，但是礙於同學面子，加上他的好脾氣，那一頓飯也就過去了。

從那以後，C先生再也不參加大部分同學的飯局了，有時候遇到有同學過生日或者是參加學校比賽獲獎慶祝什麼的，C先生也只是坐在角落裡默默的吃東西，也不說話，有同學起來表演節目或者說笑話，他也跟著笑。

在大學校園裡的大部分時間裡，C先生都是一個人拿著一疊書前往圖書館的路上，不用說這肯定就是這個星期他讀完的清單要去還書，然後再借另外一批書出來了，當然C先生也喜歡上網，但是看的都是歷史文學類的紀錄片以及相關的電視劇之類的，這些我都是從班上其他的男生嘴裡了解到的。

大學畢業的時候，我們很多同學整理了自己的東西拿去跳蚤市場上賣，剩下的能丟就丟了，C同學在宿舍整理了好幾天，有一天我看見他抱著一個大箱子從宿舍走出來，說是要寄回家，第二天我看見他又抱了一個箱子出來，還是說要寄回家。

就這樣連續五天下來，也就是說，C同學整整收拾了五大箱的書出來，這僅僅是他大學四年下來自己買過的書，至於那些他在圖書館借閱的數量，就更不得而知了。

據說C先生把這些書本整理好的時候還被女朋友抱怨了好一陣，因為那段時間正是畢業季，所有的同學不是出去聚餐感傷離別就是情侶們會抓緊時間相處，C先生跟女朋友也將面臨遠距離，所以當他每天埋頭整理這一堆書本時，女朋友難免會抱怨幾句，有時候發脾氣也會鬧著說：「這些爛東西到底有什麼好，難道你要跟它們過一輩子嗎？」

後來我們從C先生女朋友的口中知道，這些書本都是C先生大學四年一本一本買回來的，他會先去圖書館博覽群書，看到喜歡的書籍覺得有收藏價值，他就會去把這本書買回來再反覆看好幾遍，而且最重要的是，C先生只買正版書，他說這對他而言很重要，因為他覺得自己熱愛的東西，也應該尊重寫作者本身的付出，這些年下來，C先生把其他男生用來去夜店打電動買遊戲道具以及泡妞的錢，全都用來買書了。

在我們即將畢業的這些日子，C先生一個人窩在宿舍裡，把他買來的書一本本擦乾淨，另外用牛皮紙包好，生怕會被磨破半點，然後一箱一箱的扛出去寄回家，C先生的女朋友還告訴我們，他的家裡有很大的書櫃，高中時也囤了很多書，都是他買回來一一看過的，所以這一次他把這一堆書寄回家，他爸媽也見怪不怪了。

C先生寄書回家這件事情被其他同學知道以後，也有些不同的聲音，特別是當有人聽到他這幾箱書寄回家花了好大一筆宅配費用的時候，都覺得很不值得，還有人高瞻遠矚的說他一開始就應該知道畢業四年是要離開學校的，所以不該買這麼多書，書花錢宅配也花錢，而且要看書去圖書館借就好了，再不成還有電子書，總而言之討論到最後，周圍的人都覺得C先生這樣的行為是件很傻很吃力不討好的事情。

在這場討論之中我始終沒有表達任何意見，我不算是看過很多書的人，更不敢認為自己有多少學術造詣，但我自己也是真心喜歡買實體書的人，甚至臨近畢業的時候那些看起來很無用的東西，比如說我桌上的那盞檯燈，那件我大一入學時買的品質很差的毯子，還有床頭這四年累積下來的一排書，當然不能跟C先生的數量相比，但是這些東西我都一一整理好，打包寄到一個月後我要就職的公司員工宿舍裡。

很多年後我回想起來C先生做的這件事情，我想像著每一個在宿舍的夜晚他沉浸在他的文學世界裡，即使身邊的室友正在一邊飛快敲打著鍵盤，一邊高喊著讓人來幫忙加入升級遊戲，也絲毫不會影響他這一刻內心的安靜，即使他身邊有人喊著要去各種玩耍他也能一一拒絕，因為如果宿舍能有片刻安靜的時間給他，那是再好不過的了。

我曾看過一些像是復旦研究生學霸寢室藏書八千冊，還有很多其他大學開闢宿舍圖書室的新聞，讓我想起我的大學同學C先生，然後突然想到我很喜歡的一個公眾號「不止讀書」的運營者魏小河最近出的一本書的文案：用一間書房，抵抗全世界。

也是在這些人身上，我開始明白，淺嘗輒止的喜歡跟真心的不捨與愛護不一樣，我也開始理解一種叫做熱愛的東西。

記得我以前剛進職場的時候，參加面試被問到你有什麼興趣愛好嗎？我看到身邊大部分的回答是，有人喜歡看電影，有人喜歡唱歌跳舞，有人喜歡戶外運動，也有人喜歡看書看漫畫，那一刻我自己說不出個所以然出來，就勉強說了個我喜歡做飯，結果就被旁邊的人提醒了，說你怎麼可以這麼回答呢？你是要應徵企劃職缺的，要把相關的特長寫上去，這樣錄取機會比較高。

我接受了這個觀點，於是把熱愛電影跟運動這兩項寫上去了。

後來我成為了一個面試官，當我問起前來應徵的人有什麼興趣愛好，那些能說出個一二三四的人，我的好感度也會多一些，因為我開始明白，如果一個人知道自己喜歡什麼，不管這個答案是多無聊或者渺小或者多奇怪，例如就有面試者跟我說過喜歡看一本很冷門的書看很多年，但是我覺得這也比你根本不知道自己喜歡什麼要好得多。

當然每個人的興趣喜好程度也不一樣，但是我覺得最後這些熱愛之事帶給你的生活態度是絕對不一樣的。

我有個前同事是個愛唱歌也愛寫歌的女生，每到週末或者是比較早下班的夜晚，她總會扛著自己那一把吉他到住家附近的商圈馬路旁，唱自己寫的歌也唱流行歌曲，偶爾有路人拿錢過來打賞她也會感激，但是一夜沒有收穫她也樂得開心，然後第二天會很高興的繼續來上班加班。

我在分享會上認識一個男生，在大學裡是廣播電台的播音員，大學畢業後他找了一份穩定的工作上班，他買了一套音響設備給自己，夜裡下班的時候就會替各種影集片段配音，剪輯完了就上傳到網路上，因為這樣他得到了很多人的喜歡，然後慢慢在一個配音論壇裡成為一個活躍分子。

他說他此生沒想過一定要把這個事情當成賺錢的本領來用，但是他在這份樂趣之中得到很大的成就感，這種成就感並不是在於他得到了很多人的喜歡和認可，他說這種成就感在於，當我每天晚上回到家裡走進那個小小的錄音棚，把自己切換成那個要配音的角色，那一刻我覺得自己把很多人的人生都短暫的過了一遍，所以我很喜歡這樣的狀態。

聽完這一段分享後，我明白了一件事情，那些生活中看起來平淡無奇的普通人，每個人的背後都可能藏著另外一個有意思的自己，這個自己不是為了取悅他人，更不是為了向

別人證明自己有多厲害，這個自己只是純粹因為喜歡一件事情，這種愛好會讓人置身其中，情不自禁。

❸

我身邊有很多人跟我請教說，平時規劃了很多事情都沒有完成覺得很苦惱，比如說這個月說好的閱讀書單沒有看幾本，說好的每個月要出遊但是都沒有完成，還有人說想學會自己做早餐但是總是有各種事情阻撓，很長一段時間以來我一直把這些未完成狀態歸咎為是執行力不夠，但是有一天我的思維撕開了一個裂口——**有沒有一種可能，我們很多人是因為覺得這件事情有用，所以會刻意去培養成為自己的愛好？**

如果這種情況存在的話，那麼我們生活中很多所謂興趣跟愛好，就會轉化成一種壓力跟要完成的任務。

比如說我們知道閱讀對一個人很有好處，但是如果不愛看書怎麼辦？我的建議是你可以先去跟那些喜歡閱讀的人聊天，看看他們身上有什麼值得自己羨慕的地方，或者是參加讀書分享會，看看別人讀過的書單裡有什麼自己感興趣的，然後可以嘗試從這類的書籍開始閱讀。

前段時間跟一群老同事吃飯，聊到股票投資，有個男生說以前上大學時看到網路上吹捧那本《窮爸爸富爸爸》，於是自己也把這本書買回來了，結果看完之後他說自己就再也不想找工作賺這麼點小錢了，他覺得要每天談論資產債券炒股一類才叫真的賺錢。

然後男生告訴我們，他後來才知道，這本書的作者羅伯特・T・清崎在財富自由以前也累積了很多工作經驗，這個男生說那個時候的自己因為這個很紅的金錢遊戲，差點就想向家人借一筆很大的錢來練手，殊不知那個時候的自己或者是即使到現在自己的程度，就算給自己一筆大錢也不一定學得會該怎麼用。

這個觀點得到我們一行人的贊同，我也曾經有段時間，因為一些哲學類的書籍差點陷入關於人生思考的問題，以至於頭腦轉不過來很想離開塵世，覺得生無所欲，很多年後當我看到自己當年寫的日記，覺得很惶恐跟害怕。

我也看過很多關於去旅行去看世界的書籍，於是覺得此生不能庸庸無為過一生，但是當我自己有過一段長時間的旅行之後，我開始明白自己不適合窮遊的模式，因為我在生理上是個不能吃苦的矯情鬼，也開始知道旅行需要付出的舟車勞頓辛苦要比旅行的那些美好要多得多。

雖然也有人說當你看到很美的風景的時候，會覺得所有的勞累都是值得的，但是對我而言，我並不適應這種長期在路上的感覺，從那以後，儘管電影或者民謠中高唱在路上是一件多麼精彩的路上，我也不會再像以前那樣衝動，我也不會因為自己當下困在這個辦公大樓的格子間裡就覺得很悲哀。

也就是說，我比以前更平靜跟理性了，但是這種冷靜絲毫不會影響我對下一次旅行的熱愛，也不會影響我如今再一次看《窮爸爸富爸爸》的時候可以學到的理財思維，也不會影響我趁著這夏日陽光為自己弄一杯冰鎮果汁外加一頓美味的家常菜。

熱愛之所以魅力無窮，是因為你所熱愛的事情不會因為你當前的狀態好與不好而改變。

之前看過一個自殺心理研究的觀點，其中說到如果一個人在極度憂鬱的狀況下產生輕生的想法，這個時候如果他有一些自己喜歡的愛好，這種熱愛的本能會抑制，甚至可以幫助阻撓可怕事情的發生。

我們看過大部分失戀或者其他挫折的故事，都是主人公透過轉移自己的注意力讓自己散心，或者是旅行或者是運動又或者學習插畫烘焙，哪怕是跟朋友聚會吃飯也好，這種培養自己興趣的途徑是一個可以參考的方式。

但是最好的方式就是，找到你所熱愛的那一樣事情，這樣就算你遇到生活中的任何難處，甚至是可怕到覺得此生自己再也翻不了身的程度，但是在某一個你喘不過氣的當下，聽你最愛的那首歌，吃你最愛的那道菜，看一場那一直留在清單裡還沒看過的電影，這些短暫的感知可以回饋給你的安撫作用是巨大的。

當然要是你本身的愛好就是跑步跟戶外運動，那麼這樣的人遇到自認為快要過不下去的可能也很低。

總有人會做出在旁人眼中看起來很格格不入的事情，但也正是因為這種格格不入，讓我們即使都是平凡的普通人，也能活出不一樣的自己，而且正是因為這種熱愛，會讓你變得與眾不同。

畢竟在我身邊所認識的這些人們，即使他們不知道自己所熱愛所喜歡的事情有多麼了不起，但是在我的眼裡，他們就是發光的那一群，我可以感受得到他們樂在其中的投入跟情不自禁的愉悅感，也是因為這種發光，讓我雖不至於成為他們也不想成為他們，但是我很想靠近他們。

不要逼自己一定要努力的完成多少清單，找到屬於你的那一份熱愛，你會順其自然的成為閃閃發光的那個人，即使這種光不一定有人能發現，但是我們生來就不是為了取悅別人的不是嗎？

畢竟，討好自己比討好別人重要得多，也快樂得多。

很多人跟我說，
平時規劃了很多事情都沒有完成，
覺得很苦惱。有沒有一種可能，
我們很多人是因為覺得這件事情有用，
所以會刻意
去培養成為自己的愛好？

那些你以為很冒險的夢，其實沒有這麼遙不可及

記得以前小時候有過很多現在聽起來很搞笑的夢想，
我自己當年就一直期待著
以後自己長大賺錢了可以吃很多好吃的蛋糕，
但長大以後就再也不覺得這件事情很難，
每天吃得到的那一塊蛋糕也沒有那麼好吃了。

看了最新一集的脫口秀節目《世界青年說》，這一集的主題來自一位已經中年但仍然被電影夢吸引著的觀眾，他的疑問是，「我有妻有子，生活平順，三十歲時想要捨棄穩定狀態去追夢的我，正常嗎？」

關於夢想這件事情，我們一般能接受的是兩種狀態，一種是如果你是二十出頭，會有過來人會告訴你，這正是你風華正茂，鴻業遠圖之時，你可以盡全力去嘗試人生中的各種可能；另外一種是如果你到了人生暮年，會有人鼓勵你要趁有生之年去彌補人生中的各種遺憾，去做那些你曾經很想做，但是一直沒有機會做的事情。

似乎就是沒有人問過，人到中年還能不能有夢想這件事情。

很多年前看電影《一路玩到掛》（The Bucket List），癌症末期瀕臨死亡的卡特和愛德華，開始了一場隆重的旅行，跳傘、開跑車、紋身、看金字塔、泰姬陵、去中國，以及豔遇種種，那個時候我羨慕極了這種淋漓盡致的生活方式，我也期待著自己也能來一場這樣追尋人生意義的經歷。

可是我跟很多普通人一樣，中規中矩的讀書畢業工作生活，然後不知不覺到了快三十這個坎，所以這一次看到開頭那個要放棄穩定生活去追夢的人的故事，這一刻我心裡的疑問並不在於我想要什麼樣的人生夢想，我思考的角度是在於，為什麼很多人要把實現夢想這件事情當成是一件很高高在上很飄渺的事情呢？

舉個很簡單的例子，我們小時候上學的時候，每次考試都會在心裡祈求自己這一次要考個好分數出來，升學考試的時候期待著自己能考上一個好的學校，等到畢業出社會祈禱著自己可以找一份好的工作，如今我身邊的朋友談論最多的就是，要是我能在大城市有一間自己的房子就好了，或者女生朋友們會說要是我能遇上一個對的人過此一生就好了，具體一點的還有我希望下個月可以加薪，或者是我想來一場說走就走的旅行，諸如此類的期待。

記得以前小時候有過很多現在聽起來很搞笑的夢想，我自己當年就一直期待著以後自己長大賺錢了可以吃很多好吃的蛋糕，以及買很多我喜歡的衣服，還有家裡的冰箱裡能有源源不斷的零食跟水果，後來的故事跟你們很多人一樣，那就是長大以後就再也不覺得這件事情很難，每天吃得到的那一塊蛋糕也沒有那好吃了。

有人把這個歸咎為是因為當年的願望太難得，所以顯得珍貴，長大之後得到的太容易，所以就不覺得這個曾經的夢想有多麼厲害，甚至還有一點幼稚可笑。

以前我也是這麼想的，可是有一天我在心裡突然冒出了一個疑問，就是那些我們曾經覺得是夢想的東西，隨著時間的推移，得以實現之後就不再激動萬分，可是我們當下正在經歷的這一切，比如說找到了好的工作遇見了對的人，這些難道就不值得稱得上是夢想了嗎？

這一刻我有一點慌張，因為我發現很多時候我把生活都當成了一種任務去完成，但是殊不知這樣一個個事項的完成，其實就是我們夢想清單中的一項項啊！

我開始思考一個議題，我們總把那些難以企及的事情設定成自己的人生夢想，然後在心裡想著，這是一件很難的事情，我不一定能夠完成，但是我還是要在心裡安慰自己，夢想還是要有的，萬一實現了呢？

這句話看上去是一句很勵志的心理暗示，可是我覺得正是因為這一句話，很多人就將自己牢牢的定義在「我此生不可能完成這件事情」的固定想法上，然後還要拿這一句「萬一實現了呢？」來調侃一下自己，自我安慰。

如果是以前，我會很佩服喊著這句口號的人，可是如今我發現這就是一個假議題。

比如說，如果一個人本身性格溫和，此生沒有什麼大的追求，就像文章開始那位觀眾的疑惑，他在提問中說「我有妻有子，生活平順」。也就是說，在他的定義裡，他認為自己有妻有子是一種平順，這對他而言就是人生很滿意的部分了，從這個判定中他也算是夢想成真之人了，如果僅僅只因為這份平順太過於單調所以要刻意換一種生活方式，那我只能懷疑，是不是他對於三十歲以前的人生的思考出現了定義錯誤。

畢竟對於一個真的認為此生夢想是拍電影的人，他是不僅僅認為有妻有子就已經是生活平順的一部分，他會在有妻有子順其自然做到之後心裡還有一個疙瘩，那就是我自己要的還不夠，我要的是進入電影行業成為一份子，哪怕是從跑龍套、做替身，打雜助理開始，於是他順其自然成為電影行業中的一份子，這是他最普通不過的工作狀態，但是卻成了別人眼中的一個夢想榜樣。

那些說要實現電影夢的人，並不是指純粹的進入電影行業，而是期待自己能成為名導演、名演員，拿金雞百花金像奧斯卡，實現這些頂尖角色的定義他們才認為是電影夢。

可是說實話，那些做場記做剪接做武術指導的人，難道就不配說得上是電影人了嗎？

這是一個很簡單的邏輯，有所成就的才叫電影夢實現，其他的一切人員都只是一份工作，以此類比，當上了霸道總裁的人才算是實現事業夢想，剩下的那些只是打工的白領；成為知名主持人才算是實現夢想，剩下的那些只是播音員；那些走出去旅行尋找各種人生意義的人才算是真正的看見世界，而那些遠離家鄉在另一個城市另外一個國家裡工作的人只能算是漂泊者。

2

我聽說過身邊朋友的一個故事，有個女生以前一直期待著去追求自己的夢想，很希望去看看外面的世界，但是跟很多人一樣，她覺得自己需要工作需要賺錢養活自己，而且也沒有時間。

後來有一天她身邊有朋友提醒她，你不能一開始就把自己圈在實現夢想之外的格局裡，如果真的想要了解這個世界，可以試著到那個你喜歡的城市找一份工作，一樣可以養活自己，一樣有時間了解那個城市，然後過幾年你可以換一個城市，因為，到哪裡不是看世界，到哪裡不是生活呢？

後來這個女生去了很多城市，每到一個地方就在當地的青年旅社上班，一邊工作一邊認識很多遊客的故事，待一兩年再換下一個地方體驗，這幾年下來她把國內很多地方都逛完了，去年她在自己工作的青旅認識了一個德國男生，後來成為了他的女朋友，然後她嫁到德國去了。

我看她社群網站上的照片，無非是跟很多其他人一樣，完成了尋找愛人走入婚姻接下來就是生兒育女的一個個步驟，沒有那種別人想像中的離開親人、落魄沒錢，或者是孤獨終老才能換來夢想實現的艱難悲壯故事。

我之所以說起這個例子，是因為我開始用這件事情說服自己，**追求夢想或者實現夢想，不是一件一定要付出或者犧牲多少代價的事情**，那些別人包裝出來的夢想家實現夢想之前經歷了多少磨難的故事，是基於這個社會這個世界需要一些正能量的需要，又或者是故事的主角需要讓別人認為「我的經歷很傳奇」來獲取一種高於常人的榮譽感，可是要知道大部分真的在追夢的人，其實在這個過程當中是不覺得這件事情是多麼痛苦的。

比如說我們後來常說自己付出很多才考上大學，其實這個當時的過程你不會感覺得自己多麼辛苦，因為你的能量都集中在該怎麼複習好功課這件事情上了。

比如說我身邊有在職場上混得很好的人，這個過程其實感覺不到他有多麼努力，因為他就是把每天的日常工作稍稍做得比別人更好一點罷了。

如果這些都算不上是夢想的話，那麼那些拿了最佳男主角女主角的人，在此之前他們也有可能拍了很多爛片跑了很多龍套，他們在這條路上一直累積著，最後遇到好的劇本好的導演好的角色，然後就成了那個頒獎臺上的主角，但是對於他們的整個人生而言，當演員也不過是一份工作而已。

演藝圈之所以有那麼多人嚮往，是因為那些頂尖的人的經歷給你的印象是，這個地方是個名利場，來錢快成名也快，很多人還有可能改變自己的命運，比如說跑龍套的王寶強，比如說在路上逛街被星探發現的莫文蔚陳慧琳等等，比如說陪自己的同學報考電影學院結果自己入選了的誰誰誰。

這些案例的出現，讓很多人陷入了倖存者偏差★的邏輯裡，比如說王寶強本身的武術功底就比很多橫店跑龍套的人強很多，比如說莫文蔚陳慧琳本身就是外表出眾學歷出彩的女生，這些人放到非演藝圈的環境裡也是優秀的那一群，所以他們成功的結果不是來自於艱難追夢，而是情理之中。

也就是說，從某種意義上來說，**夢想的實現本身也是一種平淡的活法，那些獲得成功的創業者，本身就是一個工作者；那些出去看世界的人，本身就是他們的一種日常狀態，甚至有可能他就是休一個假出去了而已**；而那個要追尋電影夢的人，有可能他要的並不真的是電影夢，他要的就是想找一個藉口區分一下自己當前平順的生活，殊不知這種平順本身在別人眼中也是夢想的一種。

另外一點就是，夢想這件事情跟一個人的年齡沒有關係，那些認為要追尋夢想的人，本來就不是甘於平庸生活的人，他們從一開始就已經不打算過將就的生活，他們總是跳出常人的格局一些，然後一步步累積往前走就可以了，而那些早就打算平淡生活的人，也沒有必要自怨自艾自己活得太過於平淡，因為你一開始的人生就是如此，不能說因為以前沒有醒悟沒有人告訴你，所以就認為你之前的人生都錯了。

★倖存者偏差：survivorship bias，也稱為「生存者偏差」，是一種邏輯謬誤，選擇偏差的一種。意思是只能看到經過某種篩選而產生的結果，而沒有意識到篩選的過程，因此忽略了被篩選掉的關鍵訊息。

從另一方面來說，那些你認為很冒險的夢，那些你很難企及的願望，其實都不是什麼遙不可及的東西，因為這個世界上很多人都在幫你過著你想要的生活，你要麼成為那當中的一份子，要麼就淡定的看著別人紅塵作伴活得瀟瀟灑灑，因為對於那些瀟瀟灑灑的人生中的主角來說，那也只不過是他的人生常態而已。

以什麼樣的方式過一生，從來都是你自己的選擇。

3

每個人的夢想都不一樣，但是你最好早一點想清楚，這樣可以早一點做準備，千萬不要是那種一開始期盼自己做一輩子的平淡之人，然後突然有一天像小說《月亮和六便士》裡的男人一樣，捨棄一切去顛覆一種生活方式，那是對你家人的不負責任，更是一種逃避現實的存在。

我說這些並不是鼓勵你不要去做夢，我自己還有很多未完成的事項要去做，我想要表達的是，「人生永遠沒有太晚的開始」這句話只對那些走在行動路上的人有用，只對那些與其誇大夢想的力量，還不如此刻看看我先跳出舒適圈，試著做一件哪怕只有六成把握的事情的人有用。

記得在《一路玩到掛》的預告片裡提到，有人在一千個人之中做過一個調查，問你願不願意提前知道你準確的死亡時間，答案裡面百分之九十六的人選擇不願意。

我參加分享會的時候有人問起「假如你的生命還剩下三個月，你要怎麼過？」問題的時候，我發現身邊大部分人都是直接忽略掉這個問題的，因為大家都覺得，這種事找上誰都不會是我，不去想也罷。

我當然不想用這麼刺激而極端的問題去考驗我自己的人生，雖然我知道自己也會有老去離開的那一天，但是我的思考方式一向是溫和平淡的，我以一個普通人的立場能夠告訴自己的是，我沒有必要拿「要把每一天都當成生命最後一天」來激勵自己，但是我已經默默在心裡種下了好些夢想的種子，以前我覺得這是一件很艱難的事情，所以連想也不敢想，但是如今的我已經開始試著說服自己，與其無用的焦慮擔憂，還不如先倒推回來我的三十歲想要一些什麼願望實現來得比較實際。

這一集《世界青年說》的收尾，嘉賓何炅說了一個故事，他的一個朋友是麥可傑克森的瘋狂粉絲，有一年他終於看了一場麥可傑克森的全球演唱會，可是演唱會完之後這個朋友嚎啕大哭痛苦至極，因為他說他發現自己此生的夢想已經實現了，他不知道接下來的人生該怎麼走了。

我想到那些納斯達克敲鐘後的霸道總裁，依然要擔憂他們那個階層的更高使命，那些去旅行看世界回來的人，覺得自己已經無法繼續過平淡的生活了，但是也沒有辦法有巨大的勇氣決定流浪一生，因為大部分人畢竟還是世俗之人。

那些你我很冒險的夢，說不定就是一種步步為營的過程，一方面我們要把我們如今面對的每一個任務事項都當成是夢想的一種，這樣反而覺得人生頓時被填滿；另一方面我們預期設定一個無法完成的夢的唯一結果，不一定是必須要完成那個點，說不定這個夢的設定是在於，**讓我們在這個追夢的過程當中成為更好的自己，誰也不敢保證登上山頂的景色一定是很美的，但是你在這個攀登的過程中留下了很多美好的記憶，這未嘗不是另外一種收穫夢想的呈現。**

武俠裡的小人物變成武林高手之後大多都是不快樂的，反而他在闖江湖的過程中遇見的那些神奇高人神奇故事，才是最讓人迷戀的所在，而且這些過程是回不去的，當你明白了這一點，你會發現，享受奮鬥的過程，比苦大仇深要幸福的多，因為這條路的盡頭都是一樣的不是嗎？

「人生永遠沒有太晚的開始」
這句話只對那些已經走在
路上的人有用。

城裡的月光把夢照亮

常有人跟我說苦難是禮物，我不覺得，
對我而言，解決問題才是禮物，
苦難對於那些可以挺過去，
並從中汲取養分的人來說是禮物，
可是對於那些挺不過去，
而且不能從中吸取什麼教訓的人來說，
就是徹頭徹尾的災難。

我住的那棟樓裡，一樓有兩個房間，正面朝著馬路的房間是小店面，租給一個老闆開小吃店，外加讓人打麻將到半夜的空間，側面的一個房間很小，住著一對母女。

第一次發現她們的存在，是有一天夜裡我加班到很晚，十一點多回到家，發現小房間的門開著，門口擺了幾雙洗得灰白的鞋，那是我第一次發現這個房間裡面是有人住的，之前我一直覺得這是一個倉庫。

小房間裡亮著一盞很昏暗的燈，三月的天氣還有些寒冷，女孩在門口把曬乾的運動鞋串上鞋帶，不一會母親出來了，拿著很大一個盆子，一個搓衣板一張椅子，就直接在走道上搓起衣服來了，兩人說著我聽不懂的方言。

我拿著鑰匙，老半天打不開大門，突然聽到女孩說：「你鑰匙不能插太進去，要拔出來一點，再把鑰匙往上提一下。」

我照做，果然有效，門開了。

我詫異的看著女孩，她害羞的笑了說：「這幾天好多人都說門不好開，我猜是這個鎖頭有點鬆了吧。」

我報之以微笑，想給她一個自己手裡拎著的一袋蘋果，但是瞬間覺得太過唐突，忘了說女孩不是小孩子，看起來已經是個高中生了，這個年紀的敏感與細膩，讓我終究不敢太過熱情，於是點頭之後我就進門上樓了。

有一天我需要早起去火車站接人，六點鐘出門的時候，剛好遇到女孩在門口刷牙，撞見我她好像有些尷尬，一嘴的牙膏泡沫在嘴角，她趕緊喝一口水漱一下，吐在牆角下水道的入口，就跑回小房間去了。

天氣好的時候，小房間的門口就會擺滿各式各樣的東西，鞋子衣服就掛在門口的架子上，這時候小房間的鐵門就會打開，用一塊石頭當作門擋固定住。

人來人往的走道裡，依稀能看見房間裡面密密麻麻堆著許多東西，床鋪、電鍋、一張小桌子還有一些生活用品，女孩的母親每隔一段時間會把幾件衣服收回去，再換另外幾件掛出來。

有一天聽到樓下很大的吵鬧聲，原來是房東過來散步，發現一樓小房間門口掛滿各種東西，於是開始大聲嘮叨，「這是公共場所，你把你家東西都擺到走道上了，你叫別人怎麼走路？」

母親邊點頭邊趕緊收拾門口的一堆雜物，房東還在繼續說著：「我沒有趕你的意思，只是你住在這裡也要注意一下生活習慣，不然其他房客會有意見……」

週末的時候我打掃家裡，整理了一堆紙箱跟飲料罐頭，我拿到樓下想丟到旁邊的垃圾桶，突然小房間裡有個人影冒出來，原來是女孩的母親，她小聲的問了一句，「能不能把這些都給我呢？」

我說可以呀！你要是要的話，我以後都拿到你這。

母親感激的點頭，這時候才是我第一次近距離看見她的容貌，四十多的年齡，皮膚還算好，沒有很多皺紋，就是有些斑點，她還留著一頭很長的頭髮，雖不至於濃密，但是也打理的乾淨清爽。

然後我想起隔壁就是小吃店，門口放著一個很大的桶子專門用來裝易開罐跟飲料瓶的，於是我跟母親說，你其實可以把這些瓶瓶罐罐拿去賣的呢。

她聽完這一句趕緊搖頭，不行，那些是小吃店老闆娘的，我不能這麼做，我就算真的要撿易開罐去賣，也得去別的地方撿，門口那個桶裡的我是絕對不能動的。

我點頭，然後上樓了。

有天下午我去逛街回來，看到女孩在門口洗頭，坐在小板凳上，頭低在桶裡，趁著冬日暖陽，在慢慢的抓著泡沫。

女孩母親也在門口坐著，這一次我有點聽懂她們的對話了，大概的意思就是，這次模擬考比上次進步了，但是也別給自己太大壓力，繼續保持這個狀態就對了。

然後我想起有一次看到女孩在門口曬太陽寫考卷，於是確定女孩也是今年大學考試的考生。

月底交房租給房東時，我問起樓下那對母女的事情，房東一聽到這個感覺臉色就不對了，果然，房東開口就是，別提那兩個人了，每個月沒幾千塊的房租總是催來催去也不交，我那個房間本來就是倉庫不能住人的，裡面除了一個洗手間什麼都沒有，連窗戶也沒有。

兩年前這對母女來這裡，跟我說想租這個倉庫，我當時一口拒絕了，不是我不願意租給她們，而是那個倉庫根本沒有辦法住人，除了一個大門其他三面都是牆，把門關上根本就是封閉的空間，蒼蠅進來都會憋死的。

可是沒辦法，拗不過她們，我說不能影響其他人的生活，曬衣服做飯的事情請她們自己解決，才讓她們住進來的，可是沒辦法，她們沒幾天就會把衣服掛出來一下，我就得過去提醒她們幾句，別提多麻煩了。

聽完房東的嘮叨，我開始明白一些事情，我終於知道為什麼自己早出晚歸的時候才會遇到她們，因為白天的時間她們都沒有辦法開門，怕會影響到走道來往的人；每次她們趁著太陽出來晾曬衣服被子的時候，總是不到一會就要收進去了，因為被房東發現了會有意見的；那天遇到女孩一大早在門口刷牙她看起來很驚慌，不是因為她不好意思，而是她擔心我會跟房東投訴她們……

有一天下班我跟朋友約在家裡附近的餐廳吃飯，在樓下等朋友的時候發現前面有輛推車，裝著五六大袋垃圾，推車撞上石頭後有一大袋垃圾掉了下來，眼看就要滾到馬路中間，我反射動作衝上前去把垃圾袋擋住了，推車前伸出一個頭，我定睛一看，居然就是家裡樓下小房間的那個女孩母親。

她也很驚訝，張開嘴但是不知道說些什麼，我趕緊開口，說阿姨我在這附近等人吃飯，你還沒下班呢？她回答說，哦，今天週五，我得把這些處理了才能走，呃……我就在這棟大樓上班。

我幫她把垃圾袋弄上車，她便走了。

這時候朋友過來了，她詫異的問我，那個阿姨不是我公司那一層的清潔阿姨嗎？你怎麼跟她聊上了？

我回答說，她就住在我家樓下，跟她的女兒一起，她的女兒今年也要考大學了。

朋友說，難怪她之前到我們辦公桌附近拖地的時候會問起我們，打聽我們的工作是什麼，念什麼科系出身可以做這個工作，還問我們上大學念什麼比較好之類的。

朋友還告訴我，這個清潔阿姨跟其他阿姨不一樣，其他的平時時間到了就下班了，但是她總是很晚才走，有時候問她也就說家裡沒什麼事情，有一天夜裡加班的時候我還看見她提著兩個熱水壺在公司的茶水間裝水，被我們看到了，趕緊解釋說家裡停電了沒開水喝。

但是我們覺得她應該經常這麼做吧，因為後來好幾個其他的同事也都跟我們說，常常遇到她很晚的時候過來裝水。

那天吃完飯回家，遇到在門口坐著的女孩母親，這一次她主動跟我打招呼，剛剛謝謝你的幫忙啊。

我說別客氣，這也不費什麼力嘛！

然後我問，小女孩今天沒回來嗎？

她要補課，週日才回來。

我問，她就在這附近上學啊？

女孩母親點頭，繼續告訴我，女孩小學的時候我就帶她來這個城市了，這些年來她每換一個學校，我就換一個住處，工作的事情也比較容易，我比較勤快，在餐廳洗碗或者在辦公大樓做清潔工作都可以。

我瞄了一眼她背後的房間，說這樣的居住環境有些難為你了。

她招招手說，這些都不成問題，女兒現在住校了，一個星期才回來一次，我自己嘛，就是晚上在這裡睡覺而已，白天我就出去工作了。

吃飯的時候把米放進電子鍋，菜就放在蒸籠上一燜就好，而且我上班的那個公司晚上會剩好幾盒便當，那些年輕人都會好心的留給我。

我一週洗一次衣服，裝好讓我女兒拿去她們學校宿舍去晾，曬乾了拿回來就好。

說起女兒，她瞬間就一臉自豪起來。

她是個懂事的孩子，這些年跟著我這麼奔波生活，從來沒提出過什麼不滿跟要求，而且很努力，每次考試都是班上前十名，我也從來不給她壓力，只要順著目前的狀況保持下去，考上一個不錯的大學，將來可以自己找工作，在社會上獨立就好。

聽完她這一段，我嘖嘖點頭，然後我委婉的問了一句，那小女孩的父親呢？

聽到這個問題，她沒有生氣，但是情緒明顯低沉了好些。

孩子他爸喜歡賭錢，一開始覺得可以勸他，可是有了孩子以後發現他也沒有多大的改變，而且比以前賭得更嚴重了，我想著這樣下去不是辦法，就帶著孩子從老家逃了出來。

這個回答讓我有些意外，也讓我對剛剛的冒昧提問有些慚愧，反而是女孩母親安慰我，家家有本難念的經，但是讓孩子受罪是不應該的，我也曾經問過我家孩子會不會恨我這樣帶她逃離家鄉，她從來沒有抱怨過我，有一天她居然跟我說，「我們老師說，人是不能回頭的，更不能同時跨進兩條河流去體驗兩種人生，所以我只需要對自己的當下負責就好。」

我感覺女孩母親眼角有些濕潤，她平靜了一會，然後告訴我，雖然我不太懂女兒老師說的那段話是什麼意思，但是我知道她自己已經想通了自己的命運要靠自己去爭取，我需要做的，就是拚盡全力去支持她就好。

我接著問，那你覺得，這些年，在大城市生活的日子苦嗎？

她笑著說，在哪裡生活不苦呢？想像著在老家的日子，一樣要下地務農，在家幹活，然後是各種柴米油鹽的瑣碎操心事，如果不是被逼到一定的程度了，我也不會狠下心遠離家鄉來到這裡。

可是跟很多來這個城市裡工作的人不一樣的是，他們是有老家可回的，我們卻沒有，每到過年的日子，這裡就像一座空蕩蕩的城，馬路上的車輛稀稀疏疏，這裡沒有人放鞭炮沒有人舞獅子，我們去逛花市那幾天才感覺到一丁點過年的味道。

我弱弱的問了一句，那你會恨這裡嗎？

她突然一笑，怎麼會恨呢？感激都來不及了，我的女兒在這裡可以受很好的教育，即使我沒有錢送她到很好的學校，但是整體來說她還是很不錯的，而我也可以在這裡找到一份自食其力的工作，足夠養活我們母女二人。

或許在別人眼裡會覺得我們活得很苦很狼狽，可是對我們自己而言，我真的是一年一年把日子過好了，而且我家女兒今年考完大學考試，我們又進入到了一個新的階段，再苦的日子也都能過得下去，事在人為不是嗎？

我沒有再提出別的問題，更不能因為憐憫她而刻意提出要幫忙，那對她們母女而言也是一種不尊重。

從那以後，我總是想辦法把家裡各種不需要的紙盒一一整理打包好，然後拿下去給女孩母親，遇到女孩週末回來也會跟她聊幾句，問問她對什麼感興趣，將來想報考什麼樣的大學跟科系，對話中也會帶著些許鼓勵跟安慰，說你看我就是從小鎮上考上大學然後來到這裡的人，你將來也可以像我一樣甚至要比我更好……

有天加班回來遇到女孩母親，她說我想謝謝你，幸虧你這段時間跟我家女兒的聊天，我覺得她沒有以前那麼緊張了，至少她心裡有一個榜樣了，我們母女來這個城市這麼多年，沒有親人也沒有朋友，你是在學校以外跟她好好交流過的第一個人了。

她還告訴我，很多時候你不需要說很多，但是你的出現你的靠近，對我家女兒來說就是一種幸運了，因為你所經歷過的大學生活，你正在經歷的工作，這一切對她而言是看得到搆得著的東西，行動上的鼓勵對她而言才是最重要的。

那天夜裡我翻來覆去總是睡不著，想著自己這些年跟這麼多陌生人有過對話，但是從來沒有得到過這麼備受尊重的回饋，這讓我受寵若驚，也讓我感慨萬分。

我們都是這芸芸眾生中卑微的一份子，大城市對很多人而言，承載著很多夢想，也帶來很多心碎，看電影裡的主角站在十字路口，身後是高樓林立，燈火通明，身前是車水馬龍，人來人往，難免無限悲涼。

每個人背後都有故事，而這個離我最近的一對母女，在這個暗無天日的小倉庫房間裡過了兩年多的日日夜夜，這樣想著她們前面這十幾年，在另一棟樓房的小房間裡也是如此這般生活過來的吧，生活的苦難會壓垮很多人，但是也會淬鍊很多人。

常有人跟我說苦難是禮物，我不覺得，對我而言，解決問題才是禮物，苦難對於那些可以挺過去，並從中汲取養分的人來說是禮物，可是對於那些挺不過去，而且不能從中吸取什麼教訓的人來說，就是徹頭徹尾的災難。

故事說到這裡應該結束了，可是還沒呢。

兩個月過後，有一天我下班回家，發現一樓小房間裡熱鬧嘈雜，走近一聽是麻將此起彼伏的聲音，我心裡一慌，趕緊走到小房間，果然，裡面換成了比以前亮了很多倍的燈管，中間擺著一張麻將桌，除此以外空無一物。

房東也在這打麻將的人群裡，於是我問房東，原來住在這裡的人呢？走了啊！

去哪了呢？

我怎麼知道啊，能把她們送走我已經謝天謝地了，房東低頭看著手上的牌，始終沒有抬頭看我一眼。

我繼續問，她們走的時候難道沒說什麼嗎？

這一次房東轉過臉來，看見是我，於是說，她們家女兒不是考完試了嗎？確定要就讀哪間大學，就去那個城市了，她媽媽得提前去找房子跟找工作不是嗎？

這一刻，我突然想起王家衛的電影《阿飛正傳》裡那經典的一段，這世界上有一種鳥是沒有腳的，牠只能夠一直飛，飛累了就睡在風裡，這種鳥一輩子只能下地一次，那一次就是死亡的時候。

於這一對母女而言，她們何嘗不是一直在飛著的鳥呢？她們沒有行囊，沒有身後的牽掛，有的只是隨著每一個成長階段不一樣而變換一個地方，短暫的停留，然後再離去，轉換下一個擱淺的地點，從來沒有真正停下來的時候。

那一夜我聽許美靜的歌，城裡的月光把夢照亮，請溫暖他心房，看透了人間聚散，能不能多點快樂片段？

我開始明白女孩母親說的，她不恨這個城市，甚至要感激它，因為是這個城市給了她一個新開始的夢，更給了她女兒一個更好的未來夢，儘管有時候它很殘忍，可是大致上來說，這份給予的力量，要大過於承受壓力所帶來的痛不是嗎？

我不知道，下一站她們要去往哪裡，我也知道或許有生之年不會再遇上她們母女，只是這一切都不會再讓我有遺憾，聚散終有時，我慶幸的是自己在這一場相遇中，給了她們一點點溫暖，亦如她們也給了我好些力量，因為我至今記得女孩母親說的那一句，事在人為。

親愛的女孩，親愛的母親大人，祝你們平安。

沒有行囊，

沒有身後的牽掛，有的只是隨著每一個成長階段不一樣而變換一個地方，

短暫的停留，然後再離去，

轉換下一個擱淺的地點，

從來沒有真正停下來的時候。

好風景
是一整個廣闊世界

我們需要有人能長久的陪伴自己，
但是也希望這個人能一直順遂自己的意願，
然而我們都是彼此獨立思想的個體，
這怎麼可能實現呢？

上周跟洋洋喝下午茶，她說她被一個好朋友封鎖了。

這個好朋友清風也是洋洋的同事，五年前一起到了同一家公司上班。因為都是嬌小可人的女生，加上穿衣品味跟飲食習慣都很相近，女人間最重要的兩點「膚淺因素」都如此對味，兩人自然漸漸就成了關係很好的朋友。

清風是個嘴甜的女生，加上漂亮也會撒嬌，於是公司裡上至主管下至前臺總機小姐都會對她寵愛有加，洋洋卻不一樣，洋洋的工作狀態就是一個人悶在電腦前面寫企劃案，累了就起來上廁所轉一圈，除此之外就沒別的愛好了。

清風帶洋洋去跟隔壁的業務部打交道，做業務的同事嘴皮子一個比一個滑溜，偶爾有男同事藉著開玩笑把手放到洋洋肩膀上，然後大讚一句：「喲！你的新髮型真好看！」

這時候洋洋總會滿臉通紅，下意識的往後躲，清風會馬上前去推開男同事的手，然後笑瞇瞇的說，親愛的人家剛做好頭髮，這兩天還不能洗頭，你可別弄髒了呀！

男同事開懷一笑，尷尬也就過去了。

公司尾牙的時候，每個部門要準備一個節目上台表演，洋洋膽小，卻被部門同事報名了，可是洋洋根本不知道要表演什麼，眼看尾牙的日子漸漸逼近，洋洋在辦公室裡總是坐立不安。

洋洋跑去找清風，清風說，不怕，我陪你上去唱一首歌就好了。

洋洋說，那也太敷衍了吧！而且節目都是要打分數的，要是我的節目太差了也會丟部門的臉，那多不好意思啊！

清風說，那我們就想辦法，弄點創意出來就好。

尾牙那天，清風跟洋洋兩人，一個西裝革履扮成王力宏，一個穿上蕾絲長裙扮成盧巧音，對唱那首〈好心分手〉，舞臺上還有另外幾個同事，女扮男裝，男扮女裝，幾對情侶檔演了一出搞笑的分手橋段，或者是下雨天分手不成被一個雷給劈倒了，或者是學韓劇女主角得了不治之症，又或者是嫌棄女方太胖於是一拳被打暈了。

總之好好的一首深情版〈好心分手〉，活生生被演繹成了一場無厘頭的荒唐鬧劇，結果是節目大受好評，清風跟洋洋都在尾牙上大出風頭，最後兩人還都抽到了一個大紅包。

從那一次開始，兩人就認定了是彼此的吉星，從此去到哪裡，都能看見兩人一起吃午飯一起上廁所一起去買下午茶。

清風跟洋洋逐漸從職場變成生活裡的好朋友，兩人開始分享彼此的戀愛史，要相親的時候也會當彼此的軍師，至於週末一起逛街買衣服吃吃喝喝就更不用說了。

有一天下午，洋洋來找我，說覺得清風最近有點不太對勁，我問為什麼呢？洋洋說不知道，總之就是不像以前那麼熱情了。

一個月後，清風辭職了。

大家都很驚訝，因為之前沒有任何的風聲，而最震驚的當屬洋洋了。

洋洋跑去問清風，你到底怎麼了？怎麼半句都不告訴我一聲？你這樣算朋友嗎？

清風解釋，之前我們說好要一起共同進退，這次我的朋友開了公司邀請我過去，待遇比這裡好，可是一想到當初的承諾，就覺得很不好意思。

洋洋回答，這是件好事，你能有更好的選擇，當然要過去啊！

清風說，我之前也想著要幫你問問他們那邊有沒有合適的職缺，但是目前都沒有消息……

這下洋洋了解了，清風是因為沒有辦法把她推薦到新的公司一起上班，所以覺得很不好意思，慚愧之外，清風覺得自己一個人離開不是一件光彩的事情，所以就一直悄悄瞞到現在。

洋洋也不是不明事理的人，於是安慰她，工作的事情跟節奏不是我們可以控制的，但是我希望這不要影響我們的關係就好了，我現在的工作也不差，以後有別的機會我們再一起共事吧。

清風默默點頭。

或許是為了彌補內心的慚愧，清風每個星期依舊會找洋洋出去吃飯逛街，可是時間久了，清風在新公司有了新的朋友，週末兩人的聚會清風也開始缺席了。

這些年下來，洋洋早就適應了每個週末跟清風一起的習慣，她也有別的朋友，只是覺得跟清風在一起更加合拍，兩人喜歡同一個牌子的衣服，喜歡同一家下午茶，所以她覺得清風應該是跟她最合拍的陪伴者。

沒辦法，洋洋只能重新找其他的朋友了。

好在洋洋最近開始相親，認識了一個不錯的男生，每天上下班都會接送洋洋，週末也會陪洋洋一起去看電影，兩人也慢慢把彼此介紹給兩邊的朋友。

清風知道這件事情後來找洋洋，希望也能加入她跟她男朋友的飯局，洋洋答應了。

如果你以為我要說的是一個搶閨密男朋友的故事，那就錯了。

清風的確是個會交際的女生，在一般朋友的聊天中，她能很快的推斷出在場中任何一個男生是否單身以及事業狀態，說白了就是收入多少，以及是否有房產等一系列狀況。

半個月後，清風告訴洋洋，上次的飯局裡認識了一個男生，覺得很有好感。

洋洋回憶起那個男生，說他的性格不錯，算得上是個小富二代，但好像交過不少女朋友，而且你那天問他是不是單身，他的回答也是模稜兩可。

我覺得他不是很可靠，洋洋補充了一句。

後來，清風又慢慢疏遠了洋洋，或者說不上疏遠，畢竟不在一個公司了，也沒有辦法像以前那樣上個廁所吃個午飯都能聊出一片天地來，好在洋洋依舊處在幸福的戀愛中，所以就沒有在意那麼多。

只是遇到節日的時候，洋洋總會發一份問候給清風，有時候出差也會買伴手禮直接寄到清風的公司，畢竟在她心裡，她很感激自己當年剛進公司的時候，清風對她的拔刀相助。

生活依舊平淡而過，直到一個月後的某一天，洋洋正在吃午飯，聽到旁邊同事說，你們知道嗎？清風找了個小開，每個週末都會坐著她男友的跑車出去兜風，好拉風啊！

洋洋心裡一驚，然後一臉迷茫的表情。

同事問洋洋，你不會現在還不知道吧？她天天都在社群網站上洗板啊！

這一刻洋洋突然想起，好像是很長一段時間沒有看到清風的發文了，從一開始的留言，慢慢就剩按讚，有時候看到清風的出遊照片分享，知道她過得還不錯，自己心裡也就滿足了。

後來漸漸的，也就習慣性的看看就過了，根本不記得有誰發了些什麼。

洋洋拿手機翻出清風的帳號，果然，她真的被清風封鎖了。

洋洋再借來其他同事的手機，看著清風跟男友的照片，那個男友，正是上次飯局的時候，清風說對他有好感的那個富二代。

不知不覺，悄無聲息，這一刻洋洋頓時有一種電影裡面「全世界的人都知道了，就剩我一個人蒙在鼓裡」狗血情節的無力感。

於是，上週喝下午茶的時候，洋洋告訴了我這件事情。

洋洋說，我想了很多理由安慰自己，有可能她覺得我上次對那個男生的評價不高，但她還是跟那個男生在一起了，所以她不好意思讓我知道；也有可能她怕我認為她是一個虛榮的女孩，只是看上了人家的車子跟鈔票；或是，她不會是覺得我會嫉妒她吧……

我看著洋洋一臉驚愕的表情，慢慢吐出一句，不管你自己怎麼想，總之她就是不想讓你知道她交了這個男友，而且她只是不想讓你這一個人知道而已，你看其他同事都還能看到她不是嗎？

洋洋開始變得失落，臉色很難看。

我依舊慢慢梳理著，我說這就證明了她只是不想讓你知道這件事情而已，這說明她很在乎你的看法跟意見，你當初不認同這個男生，但是為了愛情，她也只能暫時把跟你的友情放在一邊了。

洋洋解釋，我當時只是大概評價了一下那個男生，也沒有完全否定他，而且如果清風是真心喜歡那個男生，那我也相信她有自己的理由跟自信，說到底我還是會理解，也會支持她。

真的沒有必要這麼絕吧？一個封鎖斷了我們這四五年的友情……

洋洋一邊說著，一邊開始委屈的抽泣了起來。

我想起青春電影《小時代》還有美劇《花邊教主》（Gossip Girl）裡的那些橋段，幾個高中女生在一起，關係好的時候甜蜜的要死，可是有衝突的時候吵起架來也是夠狠。之前我一直覺得，這就是小孩子玩鬧的情緒而已，可是後來我發現，這跟是小孩還是成人無關，而是跟女人這樣的物種有關。

你看美劇《慾望師奶》（Desperate Housewives）裡的那四個女人，每次需要彼此的時候總是團結無比，可是涉及到自己利益的時候就會動用各種小心思，接著被發現被揭穿以後就開始撒潑：是你口口聲聲要把我當朋友的，可是你沒有資格要求我也要對你一樣好吧？

這時候另外一方也總會振振有詞：只要你說出自己的難處，我們一樣會原諒你啊！

到底是誰錯了？

我覺得，哪一方都沒有錯。

因為每個人都有小心思，尤其像是女人這樣海底針、東邊日出西邊雨的變幻飛快的物種，很多時候我們不願意把自己不堪或者是不體面的那一部分拿出來。

就像摩登主婦 Gabrielle 的老公生意出現了危機，但是自己還是要刷信用卡來買一條很貴的裙子，然後去跟姐妹們喝下午茶。

完美強迫症主婦 Bree 的老公因為性生活不滿意於是去找妓女，然後被 Bree 的姐妹發現，Bree 為了維護自己丈夫以及這個家的幸福畫面，不惜跟自己的姐妹大吵一架，說她們見不得她能有幸福的日子……

每一份友情的背後，都是一個獨一無二的個體，我們需要有人陪著喝茶逛街，也希望有人陪伴暢聊心事，可是遇到自己的秘密被曝光的時候，就像一隻被逼急的母雞，豎起全身的羽毛，恨不得把對面的那個攻擊者趕走，不要聽他們的任何話語，因為她此刻覺得自己就像一個小丑，她不能容忍自己不完美的那一部分呈現在別人面前。

其實，對面的那些人或者那個人，不一定是攻擊者，他們或許想跟你進行進一步溝通，他們只是想安慰你一下或者支持你。

可是不行，一旦觸動到內心的部分，她就可以拋棄掉所有的理性思考，然後任由自己的情緒作祟，以前冷漠相對就好，現在更加便捷，互聯網的時代，感謝通訊軟體的偉大功能，一個動作就能把對方封鎖。

人都是要臉而又聰明的物種，對方總有一天也會知道自己被封鎖了，但是大部分人的反應就是算了，既然這樣了，我也沒有必要氣勢洶洶的去質問人家，那樣自己也沒面子，於是乾脆就任憑一切過去。

久了，就漸漸疏遠了。

突然某一天逛街，看見一條漂亮的長裙，想起那個朋友當初就是買了一條跟這個一樣的，想打個電話分享一下，可是恍然想起，我們已經好久甚至幾年都沒有聯繫過了。

那天夜裡我回家想了一想，覺得其實經營一份友情也跟經營一份愛情差不多，我們因為彼此相同的磁場而走到一起，然後分享彼此的過去，遇到難關時可以互相安慰，這種感覺就是，我們在彼此的世界裡都獲得了被認同的那份歸屬感，久而久之，也會覺得像是愛情裡的誓言那樣，有生之年，真的慶幸遇上你。

可是友情跟愛情不一樣的地方，在於友情的失敗成本要比愛情低得多，一份愛情裡我們可能會有精神跟物質上的雙重付出，如果兩人走不下去了也會有很多牽扯不清的地方，可是友情就不一樣了，至少在我的友情經營狀況中，基本上都不存在金錢利益的牽扯，每次聚會也都是AA制，彼此生日送個禮物也不算很大的投入。

也就是說，友情這樣東西，來得容易，散得也容易。

因為我們各自獨立，並沒有那種離開誰就活不了的無能為力，所以很多時候一段很好的關係，可能會因為一個很不起眼的理由，說沒了就沒了。

友情的漸漸淡忘其實是我們可以接受的，最怕的就是那種前一陣子還好好的，結果第二天就來到了很令人驚訝的結局，就像洋洋一直覺得跟清風還在保持不錯的感情，可是那一天突然發現自己被封鎖了，就好像自己從來沒有過這個朋友一樣。

其實對我而言，經營友情的態度跟愛情是差不多的，我們來到彼此的生命裡，就是為了把更好的東西帶給對方，比如說我看到了一本好書一部好電影，我知道最近有什麼新的資訊可以幫助你找工作，我覺得你最近胖了你應該控制一下身材了……

建立這一切的前提在於，**我們希望把自己美好的一切分享給彼此**。

但是不要忘了，我們得到了好的部分，那就勢必要承受不好的那一面，比如說了解對方成長故事裡的一些陰影，知道對方吃什麼會過敏，知道來大姨媽的時候她會比一般人難受，所以要理解她的情緒波動，這些輕量級的了解過後，慢慢就會進一步到價值觀的認同跟磨合，而這也是極其重要的一部分。

身為一個摩羯，我就是一個喜歡冷靜的看著別人裝模作樣的假面人，但是我的閨蜜L小姐卻是個人來瘋，遇上任何喜歡的東西都會大驚小怪。

還有她的愛情原則第一要素就是以貌取人，否則即使其他條件再好也不接受，以前我覺得這是個膚淺至極的擇偶標準，但是後來的我也慢慢從極端價值觀過渡到理性思考的中立面：那就是她按照以貌取人的標準找伴侶，一是因為她自己有足夠的美貌所以有這個本錢；二是她一開始就設定了這個標準，那麼長得好看的男生自然也會被她吸引過來，或許這就是磁場的作用吧。

你有沒有發現，愛情需要磨合，友情更是需要磨合。

我沒有告訴洋洋的是，說不定清風在跟她的男友分手後，會重新找洋洋，重建友情也不一定，至於那個時候洋洋還要不要接受，那是她的決定了，但是我想說明的一點就是，如果兩人和好之後僅僅只是繼續逛街吃飯，沒有就本質的價值觀問題進一步溝通，那麼她倆最後依舊會上演《小時代》裡的劇情，爭執，和好，再爭執，再和好，循環往復。

我們都是很賤的女人，**我們需要有人能長久的陪伴自己，但是也希望這個人能一直順遂自己的意願，然而我們都是彼此獨立思想的個體，這怎麼可能實現呢？**

就像馬薇薇說的那一句，真要有個永遠對你好的人，那你去養條狗算了。好的友情，會讓我們看到更大的風景，而好的風景，就是一個廣闊世界，就像范瑋琪唱的那句歌詞，遇見一個人然後生命全改變，原來不是戀愛才有的情節。

當然了，我說的這一切，都是基於真心換真心的友情格局，這個格局裡，有經營層次不同的區別，但是絕對不是那種社交圈名媛圈的點頭之交，更不是那種人前做秀人後相互勾心鬥角的演員式交情。

至於你問我怎麼判斷什麼是真友誼什麼是逢場作戲？還有什麼樣的友情值得維護經營？這就跟選男人一樣，連這個前提判斷都做不出，那就不要來談人生了。

因為我們各自獨立，
沒有那種離開誰就活不了的無能為力，
所以很多時候一段很好的關係，
可能會因為一個很不起眼的理由，
說沒了就沒了。

你總以為自己是受害者

一個人要學著為自己的情緒負責，
那些一直把原生家庭當做
不肯成長不願意改變自己的藉口，
很多時候都會惡性循環。

❶

先說一個面試的故事。

M先生經營一家遊戲公司，有一天面試了一個行銷部門的女生，各方面條件都不錯，最後他提問了她的興趣愛好，照理說到了這個地步也算是心裡認定這個人了，這時候女生慢條斯理的回答說，我最大的興趣就是養生，喜歡研究美容延緩衰老偏方，每天晚上九點就要休息，所以我希望找一份不需要加班的工作，因為我下班要回家自己做養生晚餐了。

面試結束後M先生就把女生送了出去，也沒有再安排人資的同事聯繫她。

一個星期後這個女生發了一封內容很長的郵件到M先生的公司官方郵箱，大概意思就是希望能夠給她這個機會，如果是因為之前說不願意加班的關係，她願意妥協，M先生看到人資轉發過來的郵件之後，禮貌的回覆了這個女生，但還是拒絕給她這個機會。

事後我問M先生為什麼，M先生說，公司需要一個行銷的人，在這場面試的對話中，即使這個女生各方面的經驗都不錯，但是回歸到她的性格來看，一個在二十五歲還不到就開始集中精力於養生的人，那她心裡的節奏與狀態肯定是慢的，這種慢會造就她性格上的一種慢，但是行銷部門主要就是活躍氣氛的，所以我希望有其他更好的人選。

我繼續問，如果她性格上跟職場狀態上不一樣，比如說像我性格比較慢熱，但是在工作環境裡就會切換成活潑外向的角色，這樣就下定論會不會對她不太公平呢？

M先生回答，找工作本來就沒有什麼公平可言的，而且這個女生的郵件裡還告訴他其他事情，大意是女生從小父母就離婚了，因為父母是老少配，母親的年紀比父親大，所以從小到大在她的意識裡，一直覺得是因為父親嫌棄母親不夠年輕貌美，所以拋棄了她們母女，以至於女生在如今心裡惦記的事情就是害怕老去。

M先生補充了一句，你說聽到這個故事後，我又怎麼敢讓她進來公司呢？

聽完這一番話我覺得很感慨，一是覺得這個女生太過於掏心掏肺把自己的隱私告訴了一個陌生人，更何況是找工作這件事，更沒有必要拿出來作為獲取一份工作機會的籌碼，因為但凡有一點經驗的人都知道，職場是個講情更是講理的地方，以一份工作能夠提供的薪水及成長收穫而言，萬萬還沒有到要把自己的家庭故事往事經歷拿出來交換的程度。

第二點讓我覺得感慨的是，我身邊很多這樣因為原生家庭因素而造就的「受害者」，這樣的成長環境造就了他們對這個世界的看法，認為自己是被逼的。

2

我有個關係還算不錯的小學同學，雖然後來因為讀書工作分開很久，但還是經常聯絡，從小到大她就是一個很膽戰心驚的女孩，班上有任何同學欺負她也不敢反抗，因為每次回到家裡她告訴自己的母親說在學校受欺負了，母親的第一反應就是，肯定是你做錯事情在先，然後母親會接著嘮叨，我們是普通人家的孩子，不要輕易跟別人起衝突，安安全全把日子過好就可以了。

時間久了，這個女同學就再也沒有跟母親抱怨過受欺負的事情了。

大學畢業之後，女同學沒工作多久就結婚了，在家當全職太太，她的原話是：「我自己的童年得到的愛太少了，所以我不希望我的孩子也變成這樣另一個可憐的我。」於是後來的日子我會偶爾陪她聊天來消遣她的寂寞。

有一天她在通訊軟體上告訴我，說自己孩子的性格越來越暴躁了，怎麼管教也不聽，因為這樣她的先生也很生氣，認為她全職在家都沒有把孩子帶好，婆婆也說要把孩子接回老家去，不再讓她照顧孩子了。

一般遇到這種難解的家事，我是不敢也不會輕易開口給建議的，我還沒有結婚但是我的哥哥有家庭有孩子也跟我的爸媽住在一起，我身邊也有關係好的同事偶爾跟我抱怨一下家裡的各種矛盾，所以我知道每個家庭都有難念的經。

我沒有馬上給答案，只是慢慢看著她打字過來，看看能不能整理出一點想法來，果然，在一個小時的滿滿文字之後，我發現了一個最大的問題，就是她跟先生以及婆婆對於孩子教育態度的不同。

比如說孩子在公園裡跟其他的小朋友玩耍，大人們就會在旁邊聊天，每當女同學的孩子跑過來告訴媽媽，說被別人推倒了或者搶東西了，女同學總是第一時間安慰自己的孩子，說寶寶這不是你的錯，你沒有做錯事情，媽媽會幫你討回公道的……

這樣一來時間久了，孩子的性格越來越蠻橫，對身邊的孩子的舉動也越來越放肆。我小心翼翼的詢問她，孩子每次被人欺負了你都喊著要替他討回公道，你的想法是什麼呢？

女同學告訴我，一是覺得自己身為一個母親，要表現出是孩子的大樹是靠山的角色，這樣孩子知道我是永遠會在背後保護他的；二是每次說討回公道是想灌輸他一種觀念，就是這個世界還是有正義在的，不希望他這麼小就對這個世界失望了；第三點就是因為我小時候一直沒有得到過我母親的肯定，所以我發誓我一定不會對我的孩子這樣，我要時時刻刻都保護著他。

我再小心翼翼的說了一句，可是你不覺得有可能會物極必反嗎？

女同學發來一個很震驚的表情，然後說，你的意思是我不會教小孩囉？

這一刻我覺得氣氛不對了，於是說或許因為我還沒有結婚生子，我還沒有經驗也沒有資格跟你探討養育孩子的事情，所以可能有些地方說的不對，希望你能諒解。

在火山可爆發能造成友情決裂以前，我轉移話題並且趕緊結束了這場對話。

過了很長一段時間，女同學有天半夜私訊我，說她的先生堅決把孩子帶回老家，交給婆婆照顧了，她的先生也很長時間不願意跟她說話了，她覺得生活要走到盡頭了。

我爬起來陪她說話，從小時候說起，女同學告訴我小時候被班上同學欺負的情節，有很多場景我都歷歷在目，如今我們長大了，那些欺負過她的同學可能都不記得她這個人了，但是這些記憶卻給她留下了很深的傷痕，這種傷痕更多的是來自於她母親一直以來對她的不理解不認可。

女同學告訴我，在後來的日子裡她也試著去理解自己的母親，因為家境不好，母親工作辛苦，父親很早因為生病就離世了，母親一個人兢兢業業小心翼翼的把她養大，盡量讓日子不要出太多的是非，她知道自己的母親很辛苦，所以她也不會恨自己的母親。

但是女同學又告訴我，她已經在這樣的家庭環境中長大了，她一直很缺愛，所以希望給自己的孩子全部的愛，難道這樣也有錯嗎？

我不敢告訴她的是，任何一個家庭的結合不光只是兩個人的外在跟性格的磨合，更多的是兩個家庭的價值觀磨合，女同學的先生從小到大家庭環境算是和諧開心，也是因為這樣她很羨慕先生的成長環境，所以希望能夠讓自己的孩子在這樣好的條件下成長。

可是女同學沒有明白的是，她身為每天二十四小時陪著孩子的人，很多時候她的性格跟價值觀會在無形之中影響孩子，那些她以為自己所沒有得到過的愛護，現在要加倍給自己的孩子，這對孩子而言，不也是一種過度的保護，跟以自我為中心的意識灌輸嗎？

就好比我們有些父母小時候很窮，後來經濟條件變好了，就一個勁的要把最好的一切都給自己的孩子，美其名說是愛，但是這種愛其實只是一種物質上的補償，對精神意義上的傳承一點都沒有，而且對孩子而言他們根本沒有被補償的概念，因為一出生他們的世界就是大人們給予的世界，他們又怎麼會知道因為我的父母以前過的很窮，所以我現在吃好喝好就是應該的呢？

我給女同學幾個建議，一是就讓先生安排把孩子接回去給婆婆帶一段時間，這些年她也很辛苦，就當給自己放一個假吧；二是我讓女同學也回自己的老家一趟，看看自己的母親，要她跟自己的母親攤開來聊一聊，畢竟她現在已經是個身心健全的大人了，不會一味聽信母親以前的那種灌輸了。

女同學聽了我的話，回老家待了一個月，陪母親買菜做飯，去小時候的學校跟那些老房子看看，也買了好多禮物給鄰居，麻煩他們如果可以盡量多多照顧自己的母親。

女同學回來後找我吃飯，告訴我有天夜裡她跟母親睡在一起，母親突然跟她道歉，說小時候從來沒有愛護過她，總是把所有的責任推在她身上而不會去責怪其他家的小孩，母親告訴她，撫養她很艱難，「也是第一次做媽媽，不懂得怎麼開導自己的孩子……希望你能原諒我這個不合格的媽媽吧！」

女同學告訴我，那一夜她什麼也沒說，就是任憑眼淚在枕頭上流過，然後不停的拿被子擦眼淚。

「那一夜過後，我覺得我跟我自己的母親和解了，我也放過我自己了。」

如今的日子裡，女同學開了一家花店，每天打理著各種自己喜歡的花，遇到那些買花給女朋友的男生，她總是不忘叮嚀一句，「有時間記得向爸媽報告一下你的戀愛情況啊，他們也很孤單，希望你能陪他們聊聊天的啦！」

後來漸漸的，婆婆也把孩子帶回來了，女同學就跟婆婆兩個人輪流照顧孩子，但是盡量不會跟孩子全天待在一起，她會創造機會讓孩子接收一下先生那邊家人的關照跟相處。

有天女同學找我吃飯，說要謝謝我幫她開導了這個難題，我說跟我沒有任何關係，最重要的是你聽進去我的建議而且去實踐了，而且做得很好，從某種意義上來說，你也算是拯救了你自己，順便拯救了你的家庭而已。

聚餐過後我們各自回家，我看到女同學在社群網站上發了一則狀態：**我曾是個受害者，也是個加害者，還好我告別了那樣的我。**

這一次我可以確定，這個女同學終於理解了這個家庭問題的根本邏輯。

這樣的例子，我身邊的人還有很多，從工作到戀愛，我的朋友給我的大部分回饋就是，因為我跟他的條件不一樣的，我家跟他家的環境不一樣，所以我覺得跟我的同事或者是伴侶有時候溝通起來很難⋯⋯

這些現象談及背後，都會回歸到原生家庭。

因為我們來自不同的家庭，所以我們對事情的要求也有不同的規則，比如一對新婚夫妻，妻子堅持牙膏要從底部開始擠，丈夫卻從中間一捏，就把牙膏擠出來了，妻子會說牙膏本來就該從底部擠，丈夫會說：「你的本來和我的本來，本來就不一樣。」

那些我聽過的夫妻不和的故事裡，大部分聽起來都是芝麻粒的小事，快遞的包裝應該慢慢用剪刀劃一個口還是直接用手用力撕開，曬衣服的時候是對折還是直接用衣架掛著，家裡的鞋架要一雙雙擺放整齊還是堆著放就好，一家人吃飯喜歡說話熱熱鬧鬧還是食不言寢不語⋯⋯這些習慣看似不是問題，其實背後都是一個人的價值觀對這個生活的反射，那些說「我們很相愛，但是就是過不下去了」的話我以前覺得就是瞎扯，但是我現在卻越來越相信了。

我不是個喜歡當心理醫生的人，只是我身邊的朋友願意跟我吐露這些心事的時候，我覺得這也是對我的一種信任，一開始我很難整理這些情緒，因為他們給我的都是負能量的資訊，但是在這個過程中我發現其實這也是對我自己的一種反思。

我開始明白，一個人要學著為自己的情緒負責，那些一直把原生家庭當做不肯成長不願意改變自己的藉口，很多時候都會惡性循環。

在我的職場工作裡，有同事經常跟我說，「我這個人說話比較直，你不要介意啊……」每次開會起衝突的時候大家各不順眼，我都會安慰自己說大家都是對事不對人，沒關係的，這就是職場本身。

在我身邊的認識的一些朋友中，也會有人跟我抱怨昨天去相親的那個男人就是個極品，吃飯的時候小氣得要死居然提出要ＡＡ制，這樣的人我打死也不要。

我沒有告訴她，其實我跟我男朋友的第一次約會吃飯就是ＡＡ制，回到宿舍的時候我身邊的姐妹都說這個人小氣，但是我後來才知道，男朋友的媽媽是老師，從小就告訴他要尊重女孩子，所以事後他告訴我他本來是想付錢的，但是又怕我覺得他太大男人主義了。

你看看，就吃這麼一頓飯，彼此的心裡就有各種揣摩跟添油加醋的旁白了，就更別說涉及到更大的事情比如說選擇一個行業一份工作，或者找一個可以結婚的人組成家庭變成親人而不是單純的戀愛。

生而為人，我們的人生裡總是會遇上不同的挫折與難處，如果說青春期以前的我們沒有辦法改變自己因為出身而造就的性格，那麼當我們成人以後就應該有責任為自己的性格負責，與其一直叨嘮著自己是個不被愛不幸福的受害者，不如換一個角度嘗試著去改變什麼。

很多時候，抱持著受害者的心理，最大的受害者其實是我們自己，你總覺得這個世界是欠你的，但是很多時候是我們自己沒有反應過來。

美國有一句諺語，When life gives you lemons, make lemonade。

如果生活給了你一顆酸檸檬，那就榨杯檸檬汁吧！

我不能保證這個建議有用，但是我能明白的一件事情是，過去原生家庭的事情我沒有辦法也不需要去負責，但是從現在開始，我所做的每一個選擇，都要為自己負責，傳承是一個很神聖的事情，而前提是你願意把自己過好了，否則之於你的父母，之於你的後代，之於你身邊的人，他們都是跟著你的原則心態而成為更好的人，或者是更糟糕的人。

一念之間，不過如此。

很多時候，
抱持著受害者的心理，最大的受害者
其實是我們自己，你總覺得這個世界是
欠你的，但是很多時候是我們自己
沒有反應過來。

總是在等待一場救贖發生

這個世上從來沒有救世主，
輸贏終由自己，如果這一路上有人出手相助，
那也是因為你的努力值得被扶持一把。

1

前段時間跟幾個老友聚會，問起我去大理旅行是什麼感受。

我在大理待了差不多三個星期，因為是一個人出行，所以沒什麼規劃，每天背著行李帶上自拍桿就出門了，自己一個人解決吃飯問題，然後去洱海邊吹風，走在小路上看別的遊客騎著很漂亮的電動摩托車前往大理古城，也看漂亮的女生披著各色五彩的絲巾迎風飄揚。

我會一個人在夜裡回家的路上帶上一束小雛菊，聞著花香自己一個人在漆黑的路上小聲的哼著歌，剛開始的幾個晚上我有點害怕，但是一個星期後我就大聲在馬路上歡唱起來，偶爾經過的車裡會有人停下來問：「小姐要去哪裡，要不要我們載你一程？」我總是歡樂的大喊一聲「不用了啦，我太美了，怕你們把持不住啊……」然後他們愣了一下，繼而大笑了起來，於是就開著車就走了。

這樣的情節，我在前面二十多年的人生時光裡，是想也不敢想的事情。

有好幾個夜裡，我在凌晨四點的時候跑到民宿的天臺，披著外套躺在早就準備好的搖椅上，前方是洱海拍打著陣陣海浪的聲音，月光鋪在海面上波光粼粼，我身後就是蒼山，黑壓壓的大山輪廓緩和而平靜。

接下來我在沙溪古鎮待了兩個星期，每個傍晚我都會繞著小鎮的湖邊走一圈，那個時候會有很多馬兒在湖邊棲息，偶爾也會有牧民從山上趕下來的一群羊在湖邊的草地上吃草，我就坐在柳樹蔭下，看著遠方山上的農戶人家炊煙裊裊，這個時候我腦海裡盤旋的，全都是鄧麗君的那一首歌：又見炊煙升起，暮色罩大地；想問陣陣炊煙，你要去哪裡……

夜裡回到鎮上的時候，我會沿著街上的小溪看每家民宿的門口有沒有客人吃飯，如果是民宿主人自己開飯的話我會過去問一聲，我能不能也坐下來吃？他們會多給一副碗筷，我就坐下來了，有時候聊起來高興，民宿主人順便也就把我的飯錢免了。

其他的時間，我就自己帶著電腦，去不同的咖啡廳坐著發呆，然後開始寫故事，日落的時候店裡老闆會留我吃飯，喝著軟糯的南瓜粥，抬頭看著窗邊的風鈴叮噹敲響，清脆到沁人心田。

說完以上這些片段，老友中有人大喊，天啊！我要是能像你這般的生活，就算只是過個兩天，我也覺得此生算是滿足了。

我笑著回答，說其實這很簡單啊，只要你休個年假或者節日連假的時間就有了，反正上班的好處就在於我們是可以自己擠出假期來的不是嗎？

一說到上班，大家都抱怨開了，在座的有個朋友說，我最近上班已經到了行屍走肉的日子了，每天在人來人往的公車裡都會忘了下車，走在路上也是眼神無光，中午吃飯的時候我覺得這根本就不叫飯，我只是為了活著而已。

聽完這一段，我們都覺得他太過於把這種苦放大了，以為他也不過是為了形容一種狀態而已，誰知道這個朋友補充了一句，有時候我真希望明天起來的時候能得到一份好工作，就是我喜歡的那一種，那我一定會拚了命的工作。

我問，那什麼才是你喜歡的工作呢？

朋友回答說，我也不知道，但是我覺得一定會有這樣的工作的，它的到來一定會改變我的人生，讓我的生活變得熱鬧開心快樂起來……

這一次我低頭喝茶，沒有再答話，我沒有告訴他的是，他的這個想像是一個假議題，這世上不會有一份工作是自己真正喜歡的，更不會有一份所謂的工作能具備改變你的命運，然後拯救你人生的作用。

2

前天夜裡，我收到一份留言，一個女生跟我說父母開了一個養殖場，可是因為不善經營，讓她從小就背負著負債一百多萬的壓力，大學畢業後她讀了研究所，今年畢業找了一個普通的工作，待遇不算高，可是她想著，生活總得一步一步來吧。

就在她以為日子終於可以被自己規劃的時候，家裡又傳來一個噩耗，媽媽背著她爸爸又借了三百萬高利貸想翻身，結果被騙，錢沒了，現在全家背負著四百多萬的貸款，過去的一年裡，為了這筆錢，這個女生跟媽媽都老了幾歲，可是現實太殘酷，高利貸不停的找上門，每天就像噩夢一樣……

她說，自己本來是個樂觀的人，可是現在真的想不開了，「我很聽話，活潑開朗，可是為什麼生活總是不斷把我和全家人逼到死胡同？我現在覺得生活就是一個深淵。」

留言還說，昨天我媽被討債的人關起來到半夜一點才回家，我哭了一夜，然後在心裡默默祈禱，此刻我多麼希望有神仙啊，我別無他法，只能希望有神仙來幫我，我甚至變態到口中默念：讓我中彩券吧！我祈求自己趕快睡著，然後把夢裡出現的數字都記下來……

最後的留言，她說自己真的想不開，覺得生活走投無路了。

看完這一段故事，我盯著螢幕很久都不敢回覆，因為我不知道我要說什麼，我也不知道自己能說什麼，此時此刻我的腦海回到很久以前，小時候很喜歡看TVB的電視劇，裡面總會有男女主角的父母因為欠下高利貸，家門口每天被黑道潑油漆，貼大字報，甚至被暴打一頓。

電視劇裡的畫面通常是，父母逃去別的地方躲債了，小孩子一個人留在家裡，然後高利貸的人在狠狠敲打著大門，小孩被嚇得驚慌，躲在床底或者角落裡抽泣，這一刻沒有人幫他，他只能在這些吵鬧的催債聲中不停向上天祈禱：神啊你來救救我吧，有誰可以馬上幫我父母解決這個問題，我什麼都願意做……

以前我一直覺得這是電視裡才有的情節，直到有一天我看到歐弟的一個專訪，他說到自己子還父債的辛酸日子，數度哽咽。

歐弟說他高中的時候，有一天早晨起來發現，爸爸沒有在桌上留下一分錢，連坐公車的錢都沒留下，他走了三個小時去上課，遲到被老師罵，這個時候他的心裡是有小小埋怨的，怪爸爸為什麼一聲不吭就消失，連一句再見都不說。

那個時候的他根本沒有意識到，這只是他悲慘生活的序幕，歐弟的爸爸一直沒有回家，十五歲的小孩子沒有錢也沒有人照顧，於是他開始跟同學和老師借錢，他一定會跟人家說清楚他還錢的時間，而且一定會在約定時間到之前把錢還清。

從那時候開始，歐弟冬天去洗車，夏天發廣告單，在冷熱交替間不斷上演生活不易的劇本，可是讓人覺得生活諷刺的是，他的父親接二連三的出現，不停求他幫忙還新一輪的債務。

我很清楚記得歐弟說過的一句話，每到過年過節的時候，他都會一個人到海邊吹冷風，默默想著什麼時候才能有自己的生活，他對父親的心情是很矛盾的，既希望他出現，又害怕他出現帶來更多的債務。

歐弟說那是一段灰暗的日子，整天渾渾噩噩，這所有的一切壓過來讓他失去了思考的能力和堅持的勇氣，他甚至選擇了自殺，按道理說他其實是有墮落的理由的，不過歐弟後來說他一直都記得自己高中時候老師說的那句話：你要相信人性最善良的那一面，以後不管走到哪裡，你都要保持赤子之心，一直到老。

後來的故事我們都知道了，二〇〇八年註定是歐弟具有紀念意義的一年，這一年，他三十歲；也是這一年，他加入了湖南衛視《天天向上》主持群，讓更多觀眾認識並喜歡他；更重要的是，這一年，他終於還清了所有的債務。

而這一年距離他十七歲那年進入演藝圈打拚，整整過了十三年，也就是說，他過了十三年為了還債而活下去的日子。

雖然這也是一個常在電視節目裡出現的人，也許有人說他是個明星所以他也有本錢替自己的父親還債，可是在我的眼裡，十五歲那年開始承擔責任的他就是千千萬萬個小孩裡的普通人，這十三年裡的日日夜夜，我們不敢想過也沒有資格去想他是怎麼過來的，但是這個世界的神奇就在於，真的會有這樣故事的人存在，也真的有人用如此漫長的時光，換一個屬於自己的後半生。

3

去年我的大閨蜜L小姐失戀，她每天在電話裡跟我哭訴，說整夜整夜的睡不著，因為明明知道無法回頭但是就是心裡萬般難受，我不知道該安慰她些什麼，只是靜靜在電話這一端聽著她時而嚎啕大哭時而抽泣。

L小姐告訴我說，有時候我真希望自己一覺睡到天亮，然後什麼事情都沒有發生過，而且我更希望，我明天就能出門遇上我的真命天子，上天派他來拯救我的感情，拯救我的人生。

到了這個時候，我只能實話實說了，我在電話裡告訴她，你所期待的這個真命天子一定會有，但絕對不會是明天出現，他沒有義務因為要拯救你於當前的痛苦，而要現在馬上出現在你的生活裡。

而且這個對的人也不一定能拯救你的生命你的人生，他不會因為你的痛苦就多疼愛你幾分，他的出現對你的生命而言只是錦上添花，他不會也不能是你的拯救者，明白嗎？

這段話說完，Ｌ小姐的抽泣聲漸漸平靜下來了，然後我再補充一句，我說這才是生活真相的本身，那些你腦海裡幻想的種種期待跟情節，想一想就過了，日子還是要過下去的。

她在電話裡沒有回應，只是告訴我要去吃飯了，於是我就放心下來了。

如今的Ｌ小姐，像個花枝亂顫的歡樂小鳥一樣經常來找我蹭吃蹭喝，我不再跟她回憶那幾個她哭得歇斯底里的夜晚，只是偶爾會問她，你覺得你的真命天子還會來嗎？

她說，**我相信有這麼一個人的存在，但是我也開始明白，他不是我的拯救者，我才是**

自己的拯救者。

4

我想起自己曾經在大學裡的胡思亂想，那個時候會思考很多的人生問題，然後整夜整夜的失眠，那個時候的我總是期待著，生活裡能出現一位有智慧的長者，他能幫我解答心裡的所有疑惑，告訴我很多此時此刻困擾到我要發瘋的問題的答案，讓我在這一場水深火熱的迷茫與憂鬱當中被拯救出來。

這些年過去了，這個智慧的長者依舊沒有出現，只是我身邊有越來越多的人開始向我請教很多問題，還有小孩每天在留言裡需要依靠我的回覆跟安慰才肯睡去，這一刻我突然發現，所謂久病成醫，我就這麼熬著熬著過來，居然也成為了別人眼中的那個引路人，而我也順便成為了自己的醫生。

有段時間看到有大學生出家皈依佛門的新聞，我身邊一些親近的朋友會問起我，你當年很多困局走不出來的時候，有想過要遠離塵世去做個尼姑嗎？

我笑著說，我很敬佩這些有慧根的人，他們能夠有內心安靜下來的定力；但我知道自己沒有這個定力，所以從來沒想過要出家，因為對我而言，那些青春時光纏繞在腦子裡的想不開，是因為我想梳理清楚這些困擾，給自己一個答案，而不是因為塵世很亂所以我想遠離它。

我愛這個浮誇複雜而又美好的世界，在我眼裡，我覺得自己一直是個武俠小說裡的無名小卒，在這個紛紛擾擾的江湖裡起起伏伏，來來走走，但是我離不開江湖的這份漂泊，因為我愛極了「滄海一聲笑，滔滔兩岸潮」的這份逍遙與豪情。

這個世上從來沒有救世主，那些總是等待在你生命裡發生一場救贖的人們，如果用這份信念作為當下的臨時鼓勵倒是可以，但是從人生長河的思考邏輯上來說，我更願意接受赤裸裸的現實，那就是**輸贏終由自己，如果這一路上有人出手相助，那也是因為你的努力值得被扶持一把**，僅此而已。

總有人問我失戀的怎麼辦？遇見心動的人不知道值不值得去愛，更多人的發問是「我知道我應該獨立，去外面的世界看看，可是我的父母說要是走了家裡的機會就沒有了，而且我也不知道出去闖了結果好不好……」

通常遇到這種很多「可是」的話，我連解答問題的欲望都沒有。

以前總有人告訴我們，你的問題主要在於讀書不多而想得太多，而如今我覺得，**大部分的我們，不是因為想得太多，而是留給自己的後路跟選擇太多了**，身為一個普通平凡之人，你又怎麼有本錢期待「錢多事少離家近」這樣的事情出現在自己的生活裡呢？有本事的人已經在路上努力了，我們為何還在原地哭泣，期待著人生能夠有一場被救贖呢？

醒醒吧，天亮了，該起來闖江湖了。

不要問我你的人生路該怎麼走，我要過好自己的日子已經夠艱難了，真的。

這個世上從來沒有救世主，
輪贏終由自己，如果這一路上有人出手
相助，那也是因為你的努力值得
被扶持一把。

生活不是一頭猛獸

我不想用「比起很多人你已經很幸福了」
這個說法來安慰她，我想告訴她的是，
明白生活總有猝不及防，
這樣你反而更願意享受短暫的平靜。

❶

夜裡收到一封來自義大利的訊息，我甚至不知道主人公是男生還是女生，他告訴我，此刻我在佛羅倫斯，這是我嚮往已久的城市，能有機會來這裡學習我覺得非常幸運。

身為眾多留學生中微不足道的一個，我不知道是不是和其他留學生一樣，心裡有很多無以言表的苦楚，外面的世界很大，大到茫茫人海無處尋蹤；外面的世界又很小，小到轉個身之後街道空無一人。

來信中他是這麼跟我描述自己的義大利生活的：這裡的節奏很慢，以前習慣了快節奏的我如今生活在這裡有些格格不入，可是就算如此我也不得不適應，所以很多時候我愛上了發呆，除了讀書和之外，我更喜歡坐在廣場上看著來往的人群，看看天空，餵餵鴿子，想想自己的路……以至於我時常在想，自己是不是滯留在這裡了，當初的信誓旦旦如今也被這荒蕪的日子吞噬了。

看到最後一段的時候，我想起前些年流傳著梁朝偉先生那件火爆網路的文藝小事，有網友留言，「看報導說，梁朝偉有時閒著悶了，會臨時中午去機場，隨便趕上哪班就搭上哪班飛機，比如飛到倫敦，獨自蹲在廣場上餵一下午鴿子，不發一語，當晚再飛回香港，像沒事發生過，突然覺得這才叫生活。」

如果我把這位義大利留學生的生活告訴身邊的一眾人，肯定就會得到一個答案，他真是身在福中不知福，別人想要而不可得的生活，這種可以任性待在廣場發呆餵鴿子的文藝任性日子，他居然覺得是渾渾噩噩，有沒有搞錯？

很長一段時間以來，我總是懷著無比羨慕的心情，看待這種別人看起來很享受的例子，就像陳綺貞的歌裡寫的那樣，品嘗過夜的巴黎，踏過下雪的北京，擁抱過熱情的島嶼，也埋葬記憶的土耳其，看著別人生活在別處的日子，總覺得那才叫生活。

後來過了一段時間，我的價值觀變了，我們不知道旅行路上的人需要付出多少奔波勞累，也不知道遠離家鄉的人要承受多少對故鄉對親人的思念，我們甚至不知道他如今這樣的生活，是真的因為他選擇了這樣的方式，還是生活選擇了他而已？

於是我告訴自己，隔著一層迷霧，我們都在互相羨慕。

直到收到這封來信，字裡行間裡主人公給我描述的感覺，是他在佛羅倫斯的廣場上，身後是日落的餘暉，那個國度裡的行人緩慢悠哉，這種我曾經十分羨慕的狀態，如今在他身上，竟是一片荒涼的疲憊感，猶如一潭死水停頓在這個廣場的上空，鴿子在飛，小孩在跑，老人在笑，而他卻沒有任何表情。

我想到在旅行路上認識的一個女孩的故事，她是個北方女孩，做得一手好菜，她告訴我這是她第一次一個人出來旅行，是自己休了年假出來的，跟很多人一樣，她覺得自己的生活平淡如水無聊至極，需要有一個儀式感的改變，於是她選擇來到大理。

我在咖啡廳寫文章的時候認識了她，那幾天的日子，我跟她一起去洱海邊騎自行車，然後去薰衣草園聞花香，她想盡辦法要去各種景點遊玩，每天早上很早就出門了，我因為是個夜貓子，所以早上沒有辦法陪她，只能下午的時候陪她在海邊散步。

因為要分享照片，於是我們互加通訊帳號，一個星期之後她離開大理回去上班了，一個月之後她留言給我，說覺得生活又開始無聊了，但是也不知道該怎麼辦，而且一想到要等明年的年假才可以再出去遊玩，她頓時覺得這日子過得如滴水一般痛苦緩慢。

我不知道該怎麼安慰她，因為身邊太多朋友告訴我，他們刻意去改變一下當前的生活狀態，但是發現並沒有得到自己想要的結果，於是感到很失望。

很長一段時間以來，我把這個歸咎為是因為生活本身就是無聊的，快樂總是要比痛苦比麻煩要少得多，所以我們應該去承受這些不快樂的一大段時間，忍耐過後去換取那麼短暫一丁點的快樂。

可是後來我發現這個邏輯有問題，我開始問自己，有沒有一種可能，會不會是我們自己的感悟力出現了問題？**會不會是我們學會享受樂在其中的領悟力出現了問題？**

2

我最近收到了很多留言，他們告訴我，覺得自己的生活太多於平淡，內心總是奢望著來一場大的改變，但是因為目前有這樣那樣的壓力，邁不開腳步，所以只能暫時妥協將就於當前，可是內心的那頭小野獸會時不時的撞擊自己一下，疼一陣子，然後又平靜下來，隔一段時間又開始疼起來，周而復始。

生活太平淡了怎麼辦？

這個問題一開始真是把我噎住了，很長時間以來我很羨慕別人，因為他們總是帶著某一種標籤在身上，可能是美食愛好者，或者是戶外運動者，又或者熱衷於參與公益項目，還有正在旅行路上去看世界的人們，這些形形色色的朋友以及朋友之外的人物，一度讓我感到無法企及的恐慌。

記得剛進大學時，身邊很多同學都會跟我介紹他們的過往，這當中有人在高中的時候就已經是學校辯論隊的風雲人物了，有人已經是在新概念作文大賽拿過獎的作家了，還有人在國中的時候就開啟了人生中第一個 Gap Year★了，隔壁寢室有個女生告訴我，她是不小心填錯志願來到這個大學的，她的心不在這裡，她的目標是四年後去美國留學，然後父母跟她一起移民過去，拿綠卡成為美國人，所以她不會在乎自己這四年一定要做出什麼大成績出來，她只需要熬過這四年就好。

也是這一場來自其他同學的精彩人生經歷的衝擊，我第一次對自己十幾年來形成的價值觀產生了顛覆性的懷疑：我是一個從小地方成長的小人物，付出了很多辛苦跟勞累才考上一所大學，對我而言是巨大無比的里程碑，甚至是改變命運的選擇，但在他們的眼裡，也不過是再普通不過的，人生的其中一段經歷而已，那麼我這些付出又有什麼意義呢？

我曾經在社群網站上寫過一段話，「以前的我害怕跟別人不一樣，現在的我害怕跟別人一樣」，而這個以前的我，就是大學第一年受到無數衝擊的我，我拚了命的希望自己能做出點成績練就一門專長出來，結果發現身邊的一眾同學萬般才藝信手拈來，我卻無法企及半分，而且他們當中有些人的才能，是花了十多年才培養出來的，我可能一輩子都不會也不可能擁有。

我開始失眠，整夜整夜的失眠，那個時候我身邊的朋友總是說我是個怪異的人，說得好聽是性格孤僻，說得不好聽就是有點精神疾病的傾向。

現在回過頭來想，如果我不去思考那些無聊的人生意義，不去糾結那些心裡突然冒出來的形形色色的邏輯，或許我的大學生活真的會快樂很多，我可以跟很多人一樣順其自然的完成一項項人生階段任務，上課下課，實習寫論文，找工作進入職場。

可是現在我回想起來，我慶幸自己思考過這些看似無聊的東西，因為我發現自己如今可以很適應職場跟社會上的種種不順了，比起當年那個玻璃心的我，如今的我雖不至於強大到遇神拜神遇鬼殺鬼，但是我開始學會明辨什麼是值得自己去思考的，開始明白自己可

★ Gap Year：又稱壯遊年、間隔年、空檔年……，指用一年的時間以實踐的方式來體驗自己感興趣的工作、生活方式，例如，旅行、義工服務、學習技能等。

以去避掉一些無用的事情以及無用的人，明白這個邏輯以後，我的生活少了很多別人的那些常見煩惱，而且即使有，我自己也有了可以自我梳理跟自癒的能力，不再需要求助別人，我開始有更多的精力集中於我想要的事情上。

❸

如果生活太過於平淡，該如何用不需要那麼痛苦的忍耐方式去適應，並且改善這種狀態？

我不說道理，就說兩個小故事。

第一個是耳語的創辦人蘋果姐姐，有一天中午我到她的公司跟她見面聊天，對話到尾聲的時候，她拿出了一個筆記本，說希望我在上面寫幾句話，然後簽名，這個很像是我們以前畢業時寫的那種紀念冊的形式。

我問她這個想法的由來，她說她發現身邊很多跟自己見面的朋友都是從網路上認識的陌生人，這種連結一方面讓她感到神奇，另一方面她也知道這些人並不是很強的朋友關係，也不能保證未來的下一次遇見是在什麼時候，所以她打算每一次見面後，都會在這一頁紙上寫下自己此刻此景的感受，也留下跟她對話的那個人的當下感受，將來每一次看到這一頁，就會回想起這一天的故事。

我是第二個在她那個本子上留言的人，我想這幾個月以來，她的本子已經是滿滿的一本故事了吧。

第二個故事，是我的閨蜜W小姐，畢業那一年跟她一起進公司的同事中，有六個人跟她的關係非常好，她買了一個拍立得，在接下來的生活跟工作中，她跟這六個人的其中任何一個人或者幾個人出去吃飯玩耍，或者是過生日聚會，她都會拍出七張照片出來，同一地點同一場景，擺出七個不同的姿勢，把照片分給每一個夥伴收藏。

四月份的時候，我去上海看她，我跟她其中的四個朋友一起在烏鎮待了兩天，我像個電影導演一樣幫他們設計同一個地點的拍照模式，最後她們滿心歡喜的拿著另外兩張照片，小心翼翼的收起來，嘴裡念著「明天回去就可以給那另外兩個傢伙啦！這樣她們也能感覺到好像跟我們一起有了這場旅行呢！」

我開始明白W小姐為什麼說自己喜歡在這一家公司上班，即使每天加班到半夜吐血，週末也沒有休息日，而她卻能夠扛得住這份壓力，因為她像個記錄者一樣，經營著她和這六個同事朋友的關係，而她最大的收穫，是她得到了一份叫做歸屬感的東西。

她的這個小舉動，像極了美劇《六人行》帶給我的感動。

④

兩個故事說完了，一個本子，一個拍立得，從一件小事情做起，沒有多大的投入成本，卻成為了我最喜歡的那種，很有意思很會生活的人。

這兩個不起眼的故事告訴我的是，**尋找屬於自己的標籤有時候並不是很難的一件事情。**

你可以習慣平凡，可是你並不平淡，而且你要學會區分這兩者的區別，同樣一個暑假一個年假，你無所事事的時候，說不定別人正在默默強大，這種內化的東西，有時候短暫的時間裡是看不到顯著成果的。

就好比我們看書、健身、向不同的人學習，我們不可能馬上就變成很有學識、身材很好、很厲害的人，但是你要明白，浸淫這個詞彙是極其強大的，也是這樣一種無聲的滋潤，會讓你在書海中獲得平靜，你會讓自己學會保持由內而外的精神狀態，更能透過跟別人的交流對比來沉澱你的謙卑之心。

之前有女生告訴我，每當生活有重大的挫折的時候，自己會像一個戰士一樣一鼓作氣，然後會極其理性的整理自己遭遇的各項困難，這種狀態就是越挫越勇，可是一旦問題解決了，她覺得自己又變回一頭退化的動物，大腦一片空白，因為無所事事，所以覺得生活平淡到自己就像一頭豬一樣的遲鈍與坐等吃喝。

我不想用「比起很多人你已經很幸福了」這個說法來安慰她，我想告訴她的是，**明白生活總有猝不及防，這樣你反而更願意享受短暫的平靜。**

生活不是一頭猛獸，它不會時時刻刻把你的生活搞得天翻地覆，你也沒有必要因為生活的平淡而鄙視自己的無所作為，但是你也不能把這種麻木當成生活本身，然後行屍走肉的來來往往，彷彿一隻腳已經踏進棺材，而剩下另一隻腳，也好不到哪裡去。

生活總是有起有落，更多時候就是細水長流，有些天災人禍是我們沒有辦法對抗的，但是很多猝不及防的糟糕，卻真的是我們在平靜的時候沒有好好的處理這一切，以至於困難發生了，又開始新的一輪埋怨生活，如此惡性循環。

我們要做的，不過就是讓自己在這看似平淡的無聊日子中，尋找一點驚喜，尋找一份有趣，也讓我們在這一場安分的人生裡，把自己磨練成一個不那麼安分的靈魂，這個靈魂並沒有打擾別人，我們只是需要它的出現、存在，以及保持，讓我們在無數個夜裡能無愧於自己，然後默默變成一個很厲害的普通人，就這麼簡單。

我們不知道旅行路上的人
需要付出多少奔波勞累，也不知道
遠離家鄉的人要承受多少對故鄉對親人
的思念，我們甚至不知道他如今這樣的
生活，是真的因為他選擇了這樣的
方式，還是生活選擇了他而已。

誰也不是誰的人生複製品

這個世界上，有一件很可怕的事情，
就是看別人夢想成真，
而更可怕的是，
你連自己想要的是什麼都還不知道。

前幾天我媽打電話給我，說隔壁家有個阿姨的侄子在老家工作，年紀跟我差不多大，現在還沒有女朋友，父母很著急，每天都向身邊的人抱怨跟求助這件事情。

我媽問，你不是也有很多同學在老家工作嗎，你們每年聚會的那群朋友裡不就有幾個單身的嗎？你幫忙牽線一下如何？

我打聽，那男生的爸媽有什麼要求嗎？

我媽說，男生的爸媽都是性格很好的善良之人，去年已經退休了，家裡也有兩間房子，條件都不錯，他們不希望找一個個性很凶的女孩當自己的媳婦，那樣就太操心了。

聽完這些，電話這邊的我算是答應了。

第二天，我媽給我這個男生的電話號碼，於是我們加了通訊軟體的帳號。

生活就是這麼神奇，這個男生居然是我小學六年級的同班同學！

暫且就叫他慕容先生吧，慕容先生就是我們班上數一數二的乖乖男，長得清秀可愛，還有不需要努力就換來的好成績，他就是當年大人眼中的「別人家的孩子」。

用通訊軟體聊天，我第一句話就是，我是六年級時，坐在你座位前面的那個女生，以前你的數學成績永遠都要比我好，有一次拚了命了也才跟你打成平手。

他回覆，喔，我知道了，就是那個齊瀏海的小令，我記得你。

這個回答讓我反倒有些受寵若驚。

忘了說了，慕容先生就是當年的班草，本來成績好已經讓人覺得討厭了，而且還長得好看，當年沒有顏值稱霸武林這件事情，但是大眾對於美醜這件事情從小孩開始就天性使然了，班上所有的女生都希望能夠分到跟他一起同桌，哪怕跟他坐的近一點也好。

慕容先生太傲了，每次考試的時候都會提前交卷，老師上課說錯的地方也會直接頂撞，可是沒辦法，他說的是對的，他太有驕傲的本事。

跟很多女生一樣，我也很喜歡向他請教功課，可是每一次我說到「上次你跟我說的那個解題方式，好像跟這次的不太一樣……」時，慕容先生就會馬上回一句，上次，哪個上次？還有你誰啊，我怎麼不記得你了？

一開始知道他是開玩笑，可是時間久了，每一次他都這麼回應向他請教的人，以至於我覺得他太囂張了，也是因為這樣，很多年以後我的記憶裡對於慕容先生的印象，就是那個「你誰啊？」一面孔的清高先生。

我的記憶再次從十四年前穿梭回來，我開始懷疑我媽在電話裡跟我說的那些話的真實性了，於是我問慕容先生，你媽說想幫你找個女朋友是嗎？

嗯。

這是你的意思，還是你媽的意思呢？

怎麼這麼問？

據我的了解，你應該不是那種找不到女朋友的人啊！一定是你看不上人家對不對？

慕容先生發了一個詭異的表情過來。

半天過後，他還是沒有別的動靜，我是個謹慎的人，於是我把我想說的話都先說出來了。

我說我的那些個單身女生同學，都是我很好的朋友，她們單身的原因也並非是高不成低不就，而是感情的事情本來就是很難說，所以如果真的要幫你牽線，我就得對兩邊的友情負責，否則最後的結果如果不好，我的好心就變成壞心了。

對方還是沒有回應。

我繼續說，我不是愛幫別人牽線的人，但是你的姑姑跟我媽說了你父母的著急，我們都是成年人了，也都能明白家人的良苦用心，所以我也要對你的爸媽跟女生的爸媽負責，至少不能做不牢靠的事情對吧？

這個時候，慕容先生終於有反應了，謝謝你，願意這麼替我著想。

接著他告訴了我下面這些事情：

在我很小的時候，父母很疼愛我，家裡的條件一直都不錯，我媽從小就叮嚀我，說我是家裡的獨生子，將來一定要對他們好，一定要扶養他們。

因為家裡經濟不錯，很小的時候爸媽就買了很多書給我看，還有各種啟蒙的教材，所以一直以來我覺得上學讀書考試對我而言，並不是一件很難的事情。

我不愛跟同班同學打鬧，一方面是我喜歡看書，覺得可以讓自己靜心，二是覺得同年齡的你們太幼稚了，我的想法比較成熟，所以都不太愛參與你們的那些話題。

至於班上有女生寫紙條向我表白，我媽告訴我小孩子的事情都是不能當真的，所以我總是期待著自己長大了，可以遇見一個自己真正喜歡的女孩，一起開始新的生活。

一切都很順利，我考上了重點國中，接著是重點高中。

真正的轉折，是考大學的那一年。

我考了很高的分數，到了填報志願的時候，我理所當然的報了外地的重點大學，結果我媽堅決不同意我去外地讀書，她的意思是，反正你出去了以後也要回到老家工作，所以沒這個必要。我爸也是一個妻管嚴，沒有什麼意見。

我想過跟我媽溝通一下，可是她告訴我，她如今在ＸＸ局做到了高階主管的位置，身為一個女人她這麼努力辛苦，就是為了替我的未來鋪路，而且都已經打好招呼了，等我畢業以後，就可以直接到我媽的單位就職。

慕容先生說，這應該是我人生中最大的一個錯誤了。

我妥協了，因為我媽開始跟我說她這一路上有多辛苦，我也自知自己從小到大都比身邊同年齡的人過得好，雖然不至於奢華浪費，但是基本上所有的願望都能被滿足，我知道自己的天賦跟智商也是得益於我媽從小到大的培養。

後來的故事，就是慕容先生留在了老家的一所大學，那四年的大學時光裡，他逐漸感覺到了有些壓抑。

身邊很多同年齡的人，就是那些本來比他考試成績差很多的同學，都開始很用心的上課學習，參加活動跟實習，抓緊時間考取幾張資格證書，還有同學開始規劃接下來考研究所跟出國的事情。而慕容先生呢，依舊像以前那樣，安靜的上課下課，完成作業，除此之外，再也沒有任何其他新鮮生活。

「好像一切都脫離了我的價值觀軌道。」我感覺到慕容先生打出這幾個字的無力跟無奈。

我一開始就知道我四年後的路了，知道自己畢業後就可以回媽媽打點好的單位上班，學業的壓力對我的智商來說根本不成問題，我沒有要找工作或者考研究所的壓力，我開始變得有些害怕，因為我發現自己跟別人不一樣，而且隱約感覺到，我的不一樣貌似是不對的那一方，可是又說不上為什麼。

畢業之後，我到了我媽的工作單位，從基層做起。

在大學的時候我也談了一段戀愛，但我媽一聽說女孩跟我們家不在同一個地方，而且還是獨生女，就果斷建議我不要談下去了。

我習慣聽我媽的建議，加上第一次戀愛本來就不成熟，所以後來也就不了了之了。

事情大概就這樣，我一直在我媽打點好的那個單位上班，直到現在。

整個故事聽下來，我覺得這是一個再普通不過的我們老家小城市的那種舊觀念，亦如我當年自己填報大學志願的時候，也遭到我媽反對，說女孩子去太遠的地方不好，可是我還是堅持要填自己期待的城市跟大學，我媽也就妥協了。

也就是說，我跟慕容先生唯一的區別，就是我在十八歲那年，開始形成了捍衛自己選擇權利的價值觀，而慕容先生則選擇在妥協中順從。

這句話不是我說的，是慕容先生評價的。

他說，工作這幾年，我談過幾次戀愛，先後帶了三個女生回家見父母，我爸每次也都是客客氣氣的，倒是我媽每一次都像是如臨大敵一樣，無論女生多麼乖巧甜美，她總是能找出任何一個藉口把這個女生一票否決。

我以前總是以為，婆婆看媳婦總是不順眼的，但是後來我發現我媽到了非常誇張的程度，她覺得每一個來家裡的女孩都是要跟她搶她的兒子，因為這樣，我從一開始安撫她，最後就變成了爭執。

所以我不願意再談戀愛找女朋友了，不是因為我沒有喜歡的人，而是我知道無論我帶誰回家，我媽都不會滿意，與其辜負那些女孩，我還不如直接就不談戀愛算了。

說到這裡，我終於明白慕容先生的媽媽為什麼操心兒子的婚事了。

在許多長輩眼裡，過了二十五歲還沒結婚，無論男女都容易被追問，加上慕容先生就是一副「不是我不找，而是你誰都不喜歡」的心態，就把事情變成了更糟糕的狀態。

因為過了十四年，也從來不曾聯繫過，所以我一開始不知道慕容先生這些年的成長過程經歷了什麼，可是聽完他的敘述，我似乎找到了一些根源，他跟他媽媽陷入了一種價值觀的對立，而且糟糕的是，他從來沒想過要從本質上去溝通補救，而是任其自生自滅隨意下去。

我想試著用我目前的價值觀，看看能不能幫他整理出一點想法，可是沒想到慕容先生居然說了一段話：

你知道嗎？當我知道我自己失去了談戀愛的心情時，我對這個世界都絕望了，我開始恨我媽，我覺得她在我大學填志願那一刻，就把我未來的人生權利給剝奪了，我不再想努力爭取更好的生活，因為太容易得到了，我不知道的是，**原來這種太容易的得到需要付出的代價，就是我這人生後幾十年的碌碌無為跟將錯就錯**。

可是你知道嗎？她是我媽，我即使恨她，我也沒有辦法對她做什麼報復，我唯一能做的，就是恨我自己，恨我自己的沒有獨立性，像個城堡裡的嬰兒，享受到太多的好，連獨立思考的能力都沒有，更不用說活出自我了。

這時候，我覺得事情有些嚴重了，我問他，這些話你有跟其他人說過嗎？

他說沒有。

我說，其實一切來得及的，關鍵看你願不願意改變了。

怎麼做呢？

你可以繼續在現在的單位上班，然後開始用初心去找女朋友談戀愛，不需要有太多負擔，盡量讓自己經濟獨立，想辦法從家裡搬出去，先讓自己的生活獨立，之後再把女孩帶回家見你的父母。

慕容先生回覆，這樣太難了，我爸媽買了房子給我，工作也是我媽安排的，這二十多年我都是這麼生活過來的，說要馬上改變，談何容易？況且房子也不是那麼容易買的啊，小城市雖然比不上你們一線城市的房價，那也是一筆不小的數目。

我說，可以先租房啊，你要先脫離當前的這種生活環境，這樣之後才會有一連串改變的可能機會。

他發來一個無奈的表情，說要是我像你當年那麼堅決，去外地念大學就好了，如今這種改變的冒險成本，比起當年讀書的時候要大太多了。

我說，那我告訴你，如果你繼續順應著目前的生活方式下去，你可以預料到，總有一天你還是要結婚成家的，即使你自己不願意談戀愛，但是按照你媽的強勢態度，她也一定會幫你找一個她滿意的女生嫁給你，然後為你生兒育女。

如果你還是這般心裡苦悶，總有一天這種情緒會爆發，很有可能，你會開始找一個藉口排遣憂愁，抽菸喝酒賭博甚至是出軌玩女人。

你不會幸福的，到時候可能你會把家裡搞得烏煙瘴氣，甚至是離婚，這是對你自己對孩子也是對父母的傷害，而且如果你無心經營你的生活，那麼即使你有下一段婚姻也不會幸福的對嗎？

我本來還想繼續說下去，結果慕容先生說，你不要說了，算了，我的幸福跟你沒有任何關係，是我媽請你幫忙牽線的，跟我一點關係也沒有，你有什麼資格教訓我？

我趕緊解釋，說我沒有教訓你的意思，我更沒有這個資格……

結果我還沒有發送過去，就發現我被封鎖了。

……

我愣了幾十秒，然後慢慢回過神來，這一刻我清醒的意識到，完了，我又一次太過於推心置腹了。

他算不上是我的朋友，我們十四年不曾見面聯繫，我的記憶裡只是停留在了那一年，那個聰敏可愛乖巧的慕容先生，我根本不知道後來我們分開的日子裡，他遇見過什麼人，他經歷過什麼事，他又有著怎樣的成長感悟，他的價值觀跟磁場風格是什麼，這些我都不得知。

我連嘆氣了幾聲，來祭奠這份還不到四五個小時的舊友情相會，然後安慰我自己，算了吧，本來就算不上朋友。

這真是一個很無聊也很失敗的故事，沒有故友重逢的那種喜悅，我知道自己戳傷了他最深處的苦悶，那是他最柔軟也最不堪的部分，當我以為自己可以跟他有一點點的想法討論時，反而把他給逼急了。

那個夜晚我很鬱悶，於是發訊息給閨蜜L小姐，說起這件事，她安慰我，按照我們的關係，你怎麼罵我我都不會生氣，因為我知道你是真心為我好的，但不是所有人都知道這一點，要是所有的關係都如此說真話，那就沒有閨蜜、好朋友以及普通朋友的區別了不是嗎？

而且我們一直秉持的那個價值觀，**不要輕易評判別人的生活，更不要奢望自己可以拯救或者改變別人的生活，我們沒有那個權力更沒有那個資格。**

聽完L小姐補充的這一段，我想起那句老生常談的諺語——God helps those who help themselves.

自助者，天助之。

我之前寫過很多聽來的故事，有個女生留言，說達達令我在你的文章裡，總能看到你在感性描述故事之後理性思考那一面，可是有時候我又覺得，你總是說：「我只對自己的人生負責，僅此而已。」你不覺得你有些太自私了嗎？

我沒有告訴她的是，這個世界上從來沒有任何一種生活方式是一模一樣的，所以即使我號召別人像我一模一樣學習，那也是個假議題；另外是，理性的人都知道，向別人學習的任何思考或者行為，都只是僅作參考的模式，就好比電視劇開演前總會總出現的那一排字幕，「如有雷同，純屬巧合。」

我刻意強調我只對自己的人生負責，其實恰恰是想告訴你的是，你該形成自己的人生觀跟價值觀，要敢為自己的人生作出決定，並且承擔任何後果，這種強大力量的塑造，是為了讓你在這個資訊紛繁的時代裡，不要輕易被洗腦，懂得區分什麼是對與錯，更懂得優化人生各項事項的重要排序，至於別人過得怎樣、我過得怎樣，跟你的幸福沒有任何關係不是嗎？

這個世界上，有一件很可怕的事情，就是看別人夢想成真，而更可怕的是，你連自己想要的是什麼都還不知道。

我們不是任何人的人生複製品，包括我們的父母，我感謝他們養育了我，培育了我，但是一旦有父母打著孝順的名義來對子女進行情緒勒索，那是一件很可悲的事情。

我們沒有辦法選擇自己的出身跟成長環境，但是**我們也沒有資格在自己成年之後，依舊拿那一套「我沒得選我從小就被這麼教育的」理論來為自己的懶惰思考跟將錯就錯買單。**

有句話說得好，二十歲以前的容貌是父母給的，二十歲以後就靠自己了，對於人生來說何嘗不是如此呢？

我見過身邊很多從小家庭支離破碎的人，後來的生活也過得都不錯，他們並沒有把不幸歸咎於父母歸咎於出身，因為他們明白與其沉溺於上一輩的對錯探討，還不如一步步把自己的生活過好來得實在。

前幾天看到有個網友是這麼寫的：

我不太相信幾十年形成的價值觀會被一席話或者一本書改變。一個人的斤兩與身材在成年之前就決定了，之後再看的書或聽到的道理充其量是啟發，卻不太可能扭轉。我不相信命運，但我相信成長環境的潛移默化，這些才是塑造命運本質的東西……改變一定要趁早，不要等到自己累積了那麼多歪扭的年輪與不堪的風霜。

於是我也評論了一段：

那些之所以很容易被任何觀點洗腦的人，大部分是因為這幾十年的日子裡他們就沒有過價值觀這個概念，更沒想過要怎麼更好的形成與修正價值觀，以及誓死捍衛它，比起聽風就是雨的人，我更喜歡那些打死也不願扭轉自己信仰的人，在價值觀只有立場沒有對錯的前提下，沒有比矢志不渝這件事情更能讓人折服的了。

一句話，就是改變要趁早，如果你不想讓你的人生將錯就錯，以及惡性循環的話。

用一個被封鎖的代價，換來這些想法的整理，我也算是賺到了。

原來這種太容易的得到，
需要付出的代價，就是我
這人生後幾十年的碌碌無為跟
將錯就錯。

想要參加一場葬禮

這種悲傷並不僅僅是因為我開始反應過來，
此生我的生命裡再也沒有他們這件事情，
而是在於我的腦海裡居然記不起來他們的模樣。

❶ 關於死亡的討論有很多，這是所有人都不喜歡觸碰的話題，卻也總是我們此生不得不面對的議題。

我也一樣，在我之前的價值觀裡，從來不覺得自己有資格談論死亡這件事情，就好比只有走過世界很多角落的人才配得上談論旅行的意義，就好比談論美食不僅僅要嘗得夠多，還得外加見識廣博，琴棋書畫、酒色財氣、吃喝嫖賭、文學電影，什麼都懂一點例如蔡瀾先生，這才配得上真正的是美食評論家。

同理可證，對於死亡這件事情，我總覺得只有那些上過刀山火海，經歷過戰場生死邊緣，或者身邊有親人因為豐功偉績離開的時候，這些人才有資格談論人生的意義。

但是最近我的想法有點變了，我開始覺得，**造物者創造我們獨一無二的個體來這世上一場，唯一公平的事情就是死亡，這是誰都不可避免的，只不過每個人呈現的方式不一樣，可是一旦它到來了，那我們唯一能夠做到的，就只有接受。**

我跟所有人一樣，最近目睹了很多可以用「無常」二字來形容的大事件，深夜突如其來的塘沽大爆炸，被同學騙走殺害的女大學生，外加很多地方陸續發生的泥石流跟火災事件，覺得生活這個惡總是魔一波未平一波又起。

得益於網路世界的發達，這些年各地發生的各色天災人禍以及犯罪事件，每一次在網路上都會掀起無數的討論，我跟很多人一樣，會痛心難過一陣子，然後明天還得繼續上班加班趕車，週末去菜市場買菜回家做飯，時間漸漸而過，慢慢的你就淡忘了，然後再下一次事件出現的時候，悲傷重新被喚起，然後是各方議論以及種種相關後續事件，接著淡忘，如此重複。

❷

我想說說我對於死亡的些許不起眼的記憶。

我爸年輕的時候當了八年的兵，然後回到家鄉，結婚生子成家立業，我三歲那年，我爸得了肝癌，家族沒有遺傳，他也不抽菸，本來當過兵的人身體也很健康，所以聽到這個消息的時候，我媽直接在醫院昏了過去。

也不知道那個時候是因為醫療技術不發達還是怎麼樣，醫生也沒有給出是早期還是晚期的論斷，只是拿著剛拍出來的片子，指著那半塊陰影說，這些都已經壞掉了，也不要想別的辦法了，就回去好好過好剩下來的一段日子吧！

我爸問了醫生一句，一段日子，是多久？

醫生回答，這個不好說，得看個人的情況。

我媽醒過來的時候，已經從醫院回到了家裡，一醒來我媽就開始哭，抱著我跟我哥不停的哭，連做飯什麼的也不願意去做了。

這些細節都是後來我媽告訴我的，三歲的我根本沒有任何記憶，我媽說當時家裡就我爸一個人有收入，要養活我爺爺奶奶，還有四個叔叔四個姑姑，我媽她當時還沒有穩定的工作，只是個偶爾做農活的零工。

一想到接下來沒有丈夫，還得獨自養大兩個孩子的日子，我媽說她當時哭得感覺肺都要從喉嚨裡吐出來了。

從醫院回來的第二天，我爸開始把以前七點起床的時間改成四點，當時還是冬天，南方的濕冷無以言表，他穿個大短褲跟背心，從小鎮上的街頭跑到街尾，來回五六遍，接下來是跑到工地，幫政府正在新建的兩棟大樓挖地基，我媽的原話就是，「把坑裡的土挖出來，再填進去，然後再挖出來，來回倒騰著這幾波山堆。」

差不多四個月的時間，我爸風雨無阻持續每天早上四個小時的運動量，從有些微胖的身材變成了精瘦的結實骨架，我媽說，這幾個月的日子裡，我爸的飯量大得嚇人，每個月換回來的米跟油，以前剛剛好夠分給各家兄弟姐妹，結果這段時間卻非常緊張，我媽只能從外婆家帶回很多紅薯跟南瓜當做主食來替代。

後來去醫院做複檢，醫生來回檢查了幾次，覺得很奇怪，他告訴我爸，拍片發現肝臟的陰影部分有些減少了，他說這是很少見的事情，但還是囑咐我爸不要太樂觀，要提前做好安撫家人的準備。

我爸回到家，維持著之前的運動節奏，那兩棟大樓已經建起來了，於是我爸找到其他正在修建自家房子的人家，幫忙挖地基，挑磚頭，澆水泥，運木板，還有各種雜活。

不需要主人給工錢，反而比任何一個工人都要拚命。

我媽後來告訴我，我爸當兵回來後，連家裡洗碗或者掃地的小事都沒碰過，更不用說那種粗重的活了，可是這一年的時間裡，我爸在跟死神較勁，在跟命運抗爭，而且，慶幸的是，他居然贏了。

一年半之後，我爸記不清是第幾次去醫院複檢了，醫生說我爸的肝癌好了，我爸不算很激動，可能這些時間下來他已經慢慢從心理上層層過渡下來了，倒是我媽激動得不知言語，因為小地方的迷信，我媽宰了好大兩隻雞，去祭拜老家的祖宗還有廟裡的神仙。

現在說起這件事情，是我從來不知道我曾經面臨過要失去最重要的親人的狀況。

後來某一段時間裡，我的父母關係不是很好，我曾經悄悄跟我媽說過，要她跟我爸離婚算了，不要過這樣的日子了，我媽總是回答我說，你要記著即使是我們兩個大人的相處出現了問題，但是你爸爸是愛你跟你哥哥的，這點你千萬不能忘記。

我當時年紀小，很任性，我說我覺得爸爸對你很不好，所以我也不喜歡他，我長大了也不會對他好的！

我媽這時候會一臉嚴肅，一個字一個字的告訴我，當年你爸在鬼門關徘徊的時候，你以為他僅僅是為了他自己才那麼拚命活下來的嗎？其實是因為你，因為你和你的哥哥，你們是他最大的動力來源。

我當時迷迷糊糊接受了這個說法，後來隨著自己慢慢長大，我才愈發體會到這種力量的可怕、偉大，以及神奇。

我上小學的學校離家裡很遠，我爸每天都會騎著他那輛高大威猛的自行車送我上學，經過市場會買幾個玉米給我，當早餐之後的零食，然後在學校門口目送我進教室。

有一天我依舊坐在我爸的自行車後座上，前面飄來一堆紙錢，接著是一陣鑼鼓敲響，聽到這個聲音我反應過來，前面有人在舉行葬禮，棺材正在運送到山裡埋藏的途中。

不知為什麼，我突然「哇！」的一下就哭起來了，開始在自行車上抽泣，我摟著我爸的腰，開始全身顫抖，我爸在前面安慰了幾句，說沒關係的，這沒什麼可怕的，這是很正常的一件事情。可是那個時候年少如我，又怎麼能夠明白「生老病死，這是一件再正常不過的事情」呢？

那應該是我人生第一次，直接看見一支送葬隊伍，一具躺在棺材裡的屍體，這一切的一切，我的爸媽、我的老師、書本裡、課堂上，從來沒有告訴過我應該怎麼應對。

我的臉色都被嚇青了，因為我知道自己有種快昏過去的壓抑感，我爸在前面看不到我的表情，就在送葬隊伍經過我身邊的那一瞬間，我鑽進了我爸後背的襯衫裡面。

我不敢出聲，甚至覺得那幾十秒裡我都沒有呼吸過，我死死的閉著眼睛不敢睜開，只聽見哭聲越來越近了，越來越大聲，接著是越遠越遠了……我一路緊閉著眼睛，一直到了學校門口，我才敢睜開。

驚魂未定，一上午的課堂裡老師講了什麼，我根本就沒有聽進去。

後來的日子，說起來慚愧，我第一次看見棺材的真正模樣，居然是在電視劇裡，那個時候很流行古龍跟梁羽生小說改編的武俠電視劇，只是每一次我都覺得很神奇，武林高手永遠都是打不死的，而且總會莫名其妙的從棺材裡飛出來，一副天地任逍遙的拉風場面。

更神奇的是，每次武林紛爭有人犧牲了，電視裡對悲傷的渲染很少，反而是主角很快化悲憤為力量，開始研究武林絕學，發誓要為自己的爹娘為自己的師父報仇。

最後的大結局總是，「冤冤相報何時了？」黑白雙方一陣惡鬥之後，終於明白了愛才是這世間最重要的東西，然後握手言和，告別死去的兄弟姐妹，從此浪跡天涯，以夢為馬。

漸漸的，我對死亡這件事情沒有這麼可怕了，起碼我已經知道，這就是人生不可避免的一件事情。

真正讓我有些感覺到死亡的，是我的爺爺奶奶去世的時候，分別相隔幾年的時間，一次是我國三準備升學考試，一次是我的高三準備考大學的時候。

其實說起來很諷刺，我的家族是個重男輕女的家庭，從老人到父親叔叔一輩，一直都覺得男生上學是天經地義的事情，而女生就應該讀個小學認得幾個字然後就要幫忙家裡務農，到了一定年紀就得出嫁幫別人家生兒育女了。

而我身為家族裡少見的一個大學畢業的女孩，一是因為我爸當年在外地當兵，見識過一點外面的世界，思想也比較開放；二是因為當時我爸媽工作的收入還不錯，即使不富貴但是上學還是負擔得起的。

所以我就這麼驚險的，成為了我們這個落後小鎮上，當年為數不多的女大學生。說出這句話，我的心裡沒有半點自豪，反而是很悲涼的。

也是因為這樣重男輕女的落後傳統，家裡老人過世，除了需要幫忙幹活的主婦，剩下的女孩子是不需要出席葬禮的，不管你願不願意，長輩總會說，女人出現不好，晦氣。

所以理所當然的，我的爺爺奶奶去世，我是幾天後才知道的，而且還是在學校的時候家裡打電話過來，說已經入土為安了，就告訴你這件事情，你在學校要好好讀書。

當時也是年紀小，不太明白生離死別的概念，等我真正明白這件事情，或者是有一點體會的時候，是我讀大學時，有一年我們要做一個新聞專題是關於傳承的，想去找一些四世同堂的家庭，採訪一些老故事，蒐集一些老照片素材。

那段時間一直在查資料，突然某一刻我腦子裡蹦出一句話，「達達令你是沒有爺爺奶奶的人了……」那一刻我突然當下覺得心裡抽搐不已，腦海裡開始盤旋一個聲音，他們可是你至親至愛的人，可是血濃於水的親人，可是你這一生都沒有辦法再見到他們了，因為他們已經不在了，真的不在了……

那一夜，我窩在宿舍的被子裡，哭了很久很久，宿舍沒有暖氣，我把枕頭套哭濕了，就換一件T恤鋪在枕頭上，繼續哭。

我不知道怎麼形容這種悲傷，很多年之後，開始明白，這種悲傷並不僅僅是因為我開始反應過來，此生我的生命裡再也沒有他們這件事情，而是在於我的腦海裡居然記不起來兩位老人的模樣。

以前覺得過年過節總會見面，每次見面只知道吃大魚大肉，也沒怎麼好好看過老人的臉，然後就是半年後電話裡聽說人走了，我的腦海裡一片空白，因為我想要記得的那份他們的音容笑貌，竟然沒有一絲殘存。

3

有人說，當你覺得自己變老的時候，就是你說話的時候開始喜歡「說起當初」，而對我而言，我覺得自己開始變老，是在於我媽在電話裡開始跟我嘮叨，說起家裡哪個長輩誰誰誰又離開了，本來我是沒什麼感覺的，因為我已經學會了讓自己開始面對這件事情，但是我媽每次都會加上一句，「他以前經常買話梅給你吃，這個婆婆是小時候夏天幫你撓癢癢的那個，還有這個叔公以前總是喜歡帶你去江邊撿石頭，還有個以前一起住一個大院的時候會幫你編辮子的那個嬸嬸……」

我的記憶開始穿越回過去，想起那些我或多或少有些遺忘的畫面，那些曾經愛護過我心疼過我的老人，一一遠離我的生命，也遠離了他們兒女孫輩的生命，尤其是在夜裡，也會一陣陣的撓心，然後覺得心裡悶的慌，漸漸的眼淚流出來，然後是嚎啕大哭，繼而慢慢平靜抽泣，最後一個人躺在床上，望著天花板發呆。

真正讓我覺得離死亡很近的，是我的三位除了父母以外的至親親人，在去年跟今年相繼離開，而且都是大病倒下，突然離世的，沒有任何前兆跟心理準備，我每次接到我媽的電話，她會告訴我，你不用回來了，你現在不一定馬上買得到票，買到了還得轉幾趟車才能到家，都是夏天，親人的身體不能放太久，就得讓他們歸山了。

忘了說一句，這也是我二十多年來，僅僅只有這三次聽到我媽在我面前，在電話裡放聲大哭，與其說她堅強，不如說她更是個隱忍的女人。

第一個親人離開的時候，我媽在電話裡哭得說不出話來，我正擠著地鐵去上班的路上，我想忍住不哭出聲，再忍住不掉眼淚，可是沒辦法，眼淚就是不斷的往外湧。

好在在大城市生活的好處是，每個角落裡總有人在哭泣，大家習以為常，也不會很怪異的看著你，地鐵裡偶爾有好心人還會遞來一包面紙，然後告訴你丟了工作沒關係的，再找就好了，要是失戀了，記得要好好吃飯，好好睡覺。

你瞧，冷漠的城市，溫暖的人心。

那天我到了辦公室，第一件事情就是衝進廁所，把臉洗了一遍，再抹上一層粉底，學著電視劇裡的女主角，對著廁所很大的一面鏡子，擠出一道弧線，讓自己笑一下，然後再笑一下，心裡默念著「你是最堅強的！」

然後走進辦公室，開始開會開會，一天就這麼忙碌過去了。

到了第二跟第三個親人去世的時候，我已經開始學會應對這種局面了，我忍著心裡的萬般難受安慰我媽，一句一句的講道理，她聽不進去，我就開始威脅，「如果你傷心過度了，你也病倒了，那連累的就是我還有我們一家人了對不對？我就要冒著被主管責備、失去工作的危險趕回家照顧你，也不知道要照顧多久對不對？」

這招很自私，但是也很管用，我媽是個節儉的婦女，知道我回家一趟要花不少錢，而且她更加在乎我的工作我的生活，她希望我能順順利利的沒什麼坎坷，這也是她的人生願望最在乎的一部分，所以，這個安慰方式是非常見效的。

❹

網路上有個討論話題叫「什麼是墓地愛好者？」就是一個人喜歡到世界各地的名人墓地參觀，想知道他透過參觀墓地能收穫什麼？或者說，他這樣的愛好能帶給他什麼？

其中有個答案我很喜歡：有墓誌銘的墓碑特別好看，將一個人的人生態度或者過去濃縮於一句話中，比如在羅馬比較常見的是像這樣的：「嘿，路過的朋友，我想告訴你我是個怎樣的人……好的我說完了，你可以離開了，祝你幸福。」或是悲傷或是詼諧，一個個看過去就好像穿越到了從前與他們對話一般，領悟他們的人生態度。

他還說，中國很講究象徵意義，陵墓的格局、花草樹木和一字一句都可能有背後的意思或者說是風水，若能自己想明白的話，那種恍然大悟的感覺會讓你對陵墓的崇敬再添幾分。

不論中西方，墓地都能看出一個地方對「死亡」這件事情的態度，也能側面看出一個地方的文化。

我也曾經聽過一些不認識的別人家的葬禮，基本上都是遠房親戚很不熟悉的人，會派人來我們家通知一聲，然後我媽就會帶一個白包出席，我就沒有出席的必要了。

可是在小鎮上甚至是農村裡的葬禮，其實並沒有很莊嚴肅穆，通常會請一個道士來做法事，很多時候儀式還沒有結束，葬禮上的主人公的一眾親戚就會開始爭吵，分割財產、撫養子女，以及會追溯到主人公生前誰照料得多一些，誰又付出的少一些……

讓離去的人安安靜靜走完最後一程的畫面，我很少見到。

這很無奈。

美劇《逝者之證》（Body of Proof）裡的女法醫梅根・亨特因為像個活測謊儀，所以沒人願意接近她，每一集的犯罪災難發生後，有時候連她的搭檔員警們都激動不已，她卻總是一副冷漠的面孔，幫死者解剖屍體，尋找犯罪證據。

有人說她太無情，她總是反駁，關於同情，你們很多人已經在做這件事情了，對我而言，找出真凶還原真相，才是對死者最大的尊重。

而在其他的美劇或者電影裡，死亡的葬禮都是莊嚴肅穆，甚至是很好看的，彷彿精美的簡報一樣，每一幀畫面都很美，總是在下雨天，所有人穿著一身黑衣，撐著一把黑雨傘，牧師禱告完畢，台下的人會悄悄抹去眼淚，但是面帶微笑，就彷彿眼前的這個人真的可以到達天堂，而且可以過得很好，然後是每個人一一送花，放在棺材上。

整個畫面很安靜，沒有大哭大鬧，沒有歇斯底里，有的只是對這個人生前的事蹟緬懷，甚至有親朋好友發表悼詞的時候也會幽默一把，我不知道這是劇情的設計需要，還是西方的葬禮儀式就是這樣的，總之我很羨慕這種溫柔而平靜的處理方式。

死亡是一件比天大的事情，我知道自己也是一個普通人，我的好友逝去，你的親人離去，那可真的就是天大的事情，完全不是電影裡那種可以死而復生的妄想，我也知道自己寫出這些無聊的思考，也不過是在保住性命，吃飽穿暖之後想太多的感情出口而已。

我們都希望自己平安，也希望我們身邊的人都平安，但是有生之年，我也希望自己有機會參加一場葬禮，讓我近距離的感受一下死亡，感受一下那種以前覺得很害怕，現在卻很尊敬的場面，或許難免哭泣難免悲傷，但是選擇這麼一件看起來怪異的麻煩願望清單，我只不過是想自私的完成一場靈魂上的洗禮，觸碰關於生死的理解。

我想用這些累積的勇氣與強大，來對抗接下來我要面臨的，我的父母慢慢老去，我的親人慢慢老去，將來我也要慢慢老去，離開我的子女的悲傷場面。

與其想著逃避，不如學會接受，每個人對待死亡的方式不一樣，那些葬禮上從不掉眼淚，被親人指責為無情的人，你又怎麼知道他此時此刻內心的感受，你又怎麼知道他在夜裡的哭泣會比其他人少，你又怎麼會知道他只是希望默默緬懷逝人，你又怎麼知道他沒有在後來的很多個日日夜夜裡，都在思念曾經的回憶呢？

韓寒在《一座城池》裡寫過，很多人的悲傷只是希望展示給大家看自己很悲傷，其實這世上是沒有人能夠理解另外一個人的悲傷的。

週末看電影《滾蛋吧！腫瘤君》，社群網站上很多人都紛紛感慨淚奔，深深被白百何的演技打動，尤其是她在床上向媽媽交代提款卡密碼的畫面，「簡直是可以拿影后的表演……」

我是個慢熱的人，整場電影下來，身邊好多女生甚至是男生都一把鼻涕一把淚了，我的淚奔，卻是從尾聲才開始，從熊頓用自己的錄影來作為告別會上的主持人開始。她一邊笑，一邊說，突然間一個抽泣，然後繼續一邊笑一邊說。

晚上回到家，到電影的真正主人公熊頓的社群網站去看，好多人在第一則發文下面留言，我又去看很多的相關新聞，才知道正是因為熊頓用生命完成了腳本，電影裡那種天然的不煽情的樂觀，那些神經少女的腦洞大開，全部都是熊頓自己的生活，所以它如此的真實動人而不會覺得惡俗。

年紀越大，我越發的信命，逝者已逝，命運自有上天安排，電影是不真實的，真實世界裡的我們每個人都在承受很多不能承受的悲傷，電影教我們學會樂觀向上，真實世界更教會我們要惜命，就像臺詞裡說的那句，人不能因為害怕失去，就不去擁有。

謝謝很多人來過我們的生命，也祝福每個人離開我們的生命，一想到有些人可能轉身就是再也不見了，這種消極反而會提醒我做些更多無用的事情，比如說珍惜每一次跟家人跟朋友的相處，告別的時候也要用力一些，盡可能在生活裡留下一個有紀念價值或者儀式感的回憶……

做完這些之後，當然也要記著，愛與被愛是這個世界上最重要的事情。

每個角落裡總有人在哭泣，大家
習以為常，也不會很怪異的看著你，
地鐵裡偶爾有好心人還會遞來一包面紙，
然後告訴你丟了工作沒關係的，
再找就好了，要是失戀了，
記得要好好吃飯，好好睡覺。

我也曾辜負別人

之於親情，之於愛情，之於友情，
你不敢想明天，我不肯說再見，但是我們知道，
每一次告別天上就會有顆星又熄滅，
那就珍惜吧，即使他不知道他對我而言有多重要。

國中時我有個關係很好的朋友蟲蟲，青春期的女孩子親密關係最好的表現，就是她是那個不管尿急尿不急都願意陪你上廁所的人。

當時我們沒有同桌，所以每次下課前的一分鐘我們都會默契的望向彼此，伸出小拇指就表示一起去上廁所，伸出大拇指就是不去上廁所，直接到教室的走廊站著休息一下。

大概老師都是難免偏心的，學習成績好的我會自然而然得到很多關照，舉個手就能得到老師的馬上回應，參加運動會因為不能跑步所以不願意報名任何比賽，或者是某一天上交的作業裡出現了一些簡單的錯誤，老師都會一一包容你，這些不起眼的小細節，就是當時身為學生的我們眼中的一種特權。

蟲蟲成績也不差，只是不夠前段，所以她總是躲在角落裡不喜歡說話，大部分的時間都只是跟我一個人聊天，她還有個愛好，就是很喜歡寫紙條，而且不是那種三言兩語的無聊瑣事，而是會拿出一整張紙，寫下這一個星期的學習心得，以及我們之間交流過的小心事。

她會很貼心的把我們提到的人物都用匿名代替，這樣就增加了更多的安全性。

蟲蟲寫得一手好字，就是那種整齊劃一的正楷，狹窄勻稱細長，一整頁的字看起來真是賞心悅目，她也說這是唯一能讓她感覺到有些自信的事情。

我當了一年的班長，每次做一些瑣碎的事情的時候，蟲蟲都會義無反顧的幫我處理，至於那些要跟班上一些頑皮的男生打交道的事情，她也總是第一時間站出來幫忙。

有個所謂的問題男孩，一直在班上默默待著，毫無存在感，每次考試成績都是倒數，但是也不會覺得丟臉，每次課堂上提問，老師總是略過他，然後叫其他的同學起來回答。

可是凡事總有例外，有一次國文老師也不知道怎麼了，直接喊那個問題男孩起來回答問題，他跟以前一樣，垂著腦袋不出聲，老師也不說話，整個課堂上安靜了整整十分鐘。

最後的收場是，老師安排剩下的時間讓我們寫作業，問題男孩就一直在座位上站著。

下課了，國文老師要問題男孩罰抄那天的課文十遍，要求晚自習結束前交上來，說完了老師還向我示意了一下，我就明白是要我幫忙把男生的作業上交到辦公室去。

晚自習有兩節課，在晚自習開始前，我過去找問題男孩，說你等自習課結束了，記得把今天的罰抄作業給我。

他不說話，一臉壞笑。

我板著臉，說我不跟你開玩笑，你要記得寫完，不然老師那邊我也沒辦法交代。

他低下頭，拿出了作業本，然後開始發呆。

第一節晚自習下課的時候，我過去找問題男孩要作業，他說不是還有一節課嗎？

我說老師等下就要回家了，總不能讓老師等你到最後一刻吧？

問題男孩這時候不知怎麼的，把筆一甩，說了一句，老師走了就更好了啊，我寫都不用寫了。

我很無言，對於這種不是很乖的同學，我一向是沒有辦法的，因為他就是從來都不怕老師的人，而我又拿不出其他的方法來勸他。

這個時候蟲蟲過來了，她告訴男生，老師要你罰抄作業是你自己的問題，你不應該把最後的責任推脫到別人（就是我）身上；而且你也不是第一次罰抄作業了，躲得過今天躲不過明天，早點完成早點輕鬆不是嗎？

問題男孩這時候抬起頭，說了一句，你算老幾？還不是小跟屁蟲一個，你有什麼資格在這裡說我？

蟲蟲說，我是就事論事，我幫小令完成她的任務，希望你配合一點。

問題男孩還是一副「看你能拿我怎樣」的姿態，這個時候周圍的一群同學都停下了聊天打鬧，紛紛圍過來湊熱鬧。

蟲蟲覺得實在是沒辦法了，說了一句，其實你交不交作業跟我們都沒關係，跟老師也沒關係，你要知道自己上學讀書至少要為了自己的未來著想，再不願意的話也得替你爸媽想一想……

蟲蟲的話還沒說完，問題男生突然「砰！」的一聲大拍書桌，然後開始氣急敗壞的大吼，不要跟我提我爸媽，我出生後他們就沒理過我，後來離婚都各自找別人去過日子了，我算什麼？我為什麼要為了他們而努力？

周圍一群同學都被嚇到了，沒有人站出來說話。

問題男孩的怒氣還沒消，他伸出手指狠狠的瞪著蟲蟲，面目猙獰又有點臉紅，然後說，我告訴你ＸＸＸ（蟲蟲的名字）你沒有資格管我，我連自己的未來要什麼都不知道，你要拿好成績跟你爸媽要獎勵，那你就自己去弄你的，不要在這裡指手畫腳。

最後一刻，他又加了一句，賤人！

我看到蟲蟲的眼淚瞬間就蹦出來了，她沒有嚎啕大哭，只是一個人靜靜的流著眼淚，然後回到自己的座位上，傻傻的發呆。

那天晚上問題男孩還是把罰抄作業交上來了，我來不及檢查他完成得怎樣，就飛奔到辦公室先交給老師。

第二天上課，就當什麼事情都沒有發生，也沒有同學向老師反映昨天晚上的那場小衝突，加上學業的壓力，這件事情也就慢慢淡下來了。

2

國二的時候，開始流行溜直排輪，很多家境不錯的同學會穿上爸媽幫他們買的直排輪鞋，週末的下午在學校裡溜一圈。

我跟蟲蟲就在旁邊看著他們在操場上一圈圈的飛舞，我安慰蟲蟲，說我們沒有直排輪鞋也好，穿那東西摔下去真是疼。

她看著我笑了，嗯。

後來到學校溜直排輪的同學少了，因為學校門口開了好幾家溜冰場，裡面有繽紛燦爛酷炫的燈光，還有很多飲料跟零食，如今想來，那也就相當於是我們大學生時代喜歡去KTV聚會玩耍的一種娛樂了。

班上已經有同學開始談戀愛了，男生會邀請女生去溜冰場溜冰，這個小心機就跟邀請一個女生跳舞是一樣的道理，女生剛踏進溜冰場各種失衡、害怕、尖叫還有驚慌失措，這個時候男生就一個流星飛步上前扶住女生，牽起女生的小手，接下來是摟著細腰……

青春期的荷爾蒙衝動的歲月裡，這點身體上的觸碰已經足以讓男男女女動心不已，溜冰場也成了那段時間裡，我們同學中最受歡迎的，促進友情以及談情說愛的地方。

時間久了，有家長反映意見了，學校老師也知道，於是校方出了一個公告，禁止任何一個同學在任何時間去溜冰場，一旦被發現就會被找去談話，要是被別的同學檢舉的話，那就更加不得了了。

一時之間，學校裡的同學人人自危，就連靠近溜冰場前面的馬路也盡量繞著走。

週末的時候我去學校門口買水果，一起前往的蟲蟲說還想買點別的生活用品，於是我就站在商店的門口等她了。

第二天早自習下課，班導師把我叫到辦公室，說有同學說你昨天去溜冰場了。

我當時腦子一熱，第一句話就問，是誰說的？

班導師大概預料到我會說這一句，於是回答，誰說的無所謂，重點是你到底有沒有去？

我當時也真是玻璃心的孩子，覺得自己一向兢兢業業乖巧聽話認真讀書，自認身為一個好學生，從來不會出什麼亂子，更別說這種觸犯學校校規的事了。

可是我當時也真是傻，人生第一次體會到被人冤枉是一件多麼可怕的事情，我來不及辯駁，眼淚就大顆大顆的掉下來了。

班導師安慰我說，我相信你是不會這麼做的，但是有同學檢舉了，不管是真還是假，我們班上的評分也會受到影響，你下次一定要注意一下。

我走出辦公室，蟲蟲在門口等著我，她一直跟我道歉，說都是我的錯，早知道昨天不應該去溜冰場附近買東西的，而且還磨蹭那麼久……

我搖搖頭，說這跟你沒關係，其他班上的同學想爭取評比分數真是想瘋了。

雖然說是沒有影響，但是那段時間我還是覺得很不舒服，走在教室裡，總感覺背後有同學在議論我，經過其他班級的時候，我也總是望著密密麻麻的面孔，心裡問自己，到底是哪個心機那麼重的同學要檢舉我……

我漸漸有些焦慮了，然後開始跟不上課業，後來幾個月的小考跟月考成績都不是很好，就連老師對我也冷淡了很多，現在回想起來，也是世態炎涼的既視感了啊！

蟲蟲一直陪伴我，晚上自習課結束時很多同學趕著回宿舍洗漱，蟲蟲就帶我到教學大樓前面的那塊山坡上坐著，當時學校正在加蓋教學大樓，堆滿了各種泥土山坡，我們鋪一本書坐下來，然後看天上的星星，周圍還有很多蟲鳴。

夜裡很安靜，遠處的宿舍大樓裡，女生在聊天打鬧。蟲蟲問我，你想考哪個高中？

我說，當然是市裡最好的學校啊！

蟲蟲說，你成績好那肯定就是沒問題的，我就煩惱了，還不知道怎麼辦。

我安慰說，那也沒關係的，還有其他學校可以選呀！

蟲蟲問，你說我們會分開嗎？

我說，分開了也不要緊，我們可以寫信呀！

那個時候沒有手機，只有家裡的市內電話，每個寒暑假蟲蟲都會寄一封信給我。那個時候客運也不算貴，我每次說要去她家裡一趟的時候，她總是告訴我，家裡太忙了不方便。於是我不再提這件事，後來還是維持著這種你來我往的書信交流方式。

每次我媽幫我拿信回來，總是詢問我能不能把蟲蟲的信給她看，我媽每次看著蟲蟲清秀的字跡，都會連連稱讚，這個女孩子真是個認真的女生，一行一行整齊排列，連標點符號都寫得這麼細緻。

❸

國三了，學校把所有的班級都打亂重新分配，我跟蟲蟲分到了不同的班級，而且還不在同一個樓層，於是我們沒有辦法牽手上廁所了，唯一的相處時間，就是午飯時間到午睡前那一小段時光。

蟲蟲說她壓力越來越大了，因為跟新的同學不熟悉覺得有些孤獨，高中考試的日期越來越近，她害怕自己的成績還沒有起色，她開始失眠，有時候乾脆就拿個手電筒寫日記，或者是寫信給我，但是她說以後有機會了再把這些信一起給我。

課業壓力很大，我來不及思考任何的青春迷茫或者人生道理，那些以前在自習課上竊竊私語談戀愛的同學也都安靜了很多，大家匆忙行走，表情嚴肅，在這個年紀裡，考出一個好成績是最大的事情。

高中考試結束，班上開始準備畢業聚會，我跟蟲蟲不同班，於是她跑到我的班上參加那天晚上的聚會。

班導師在講臺上說的很多話我都不記得了，只知道他叮囑我們好好珍惜這份難得的青春回憶，長大了好好做人一類的。

我跟蟲蟲溜出教室，圍著學校的操場轉圈，新的教學大樓建好了，那一堆黃土高坡也消失了，以前我們經常待的角落也鋪上了草坪，還種了大朵大朵的月季花。

蟲蟲說，我覺得自己的考試狀態不是很好，成績大概也不高。

我說，不要擔心，就順其自然吧！

蟲蟲說，你知道我為什麼一直喜歡跟在你身邊嗎？

為什麼呢？

蟲蟲說，因為你不嫌棄我很矮，也不嫌棄我成績不好，我覺得你是願意真心把我當朋友的人。

我笑著說，我對每個人都是一樣的，我把大家都當成朋友呢！

蟲蟲說，可能你對別人都是一樣友好的吧，但是對我而言你不一樣。

有什麼不一樣？

蟲蟲說，你有我，也有他們，可是，可是我只有你呢。

這句話我當時根本就沒有讀出蟲蟲的心情，我就像平常一樣，安慰著她，安慰著我自己，然後想像未來是無比美好的。

然後我們各自回家了，迎來了一個很漫長的暑假。

4

高中考試的成績出來了，我達到了市重點高中的錄取標準，家人也為我高興，那個夏天裡，我自己一個人在家看書做手工，玩辦家家酒自言自語，然後看各種武俠劇跟偶像劇，還把當時在學校被老師嚴令禁止的《流星花園》跟《薰衣草》全部都補回來了。

那個夏天我很快樂，我滿懷期待的等著開學，希望遇見新的朋友，也開始新一階段的高中生活。

快開學的時候，我收到一封信，是蟲蟲寄過來的，信封比以前厚了很多，打開裡面有很多信紙，仔細一看是國三最後一個學期裡，她在不同的夜晚陸陸續續寫給我的，零零散散的一張張紙，折得很整齊。

來信裡，蟲蟲告訴我她國三這一年的擔憂，也感激前面兩年跟我同在一個班級裡的美好回憶，她提起剛進國中那一天，她在人群裡看到了我，上前去看公告欄的時候知道我跟她同班，於是她很高興的過來跟我做自我介紹，只是因為我忙著跟我爸媽說話，沒有注意到她。

後來她跟老師提議，要跟我換到同一間寢室，老師說寢室床位已經分配好了，除非她跟另外別的女生交換。

於是她第一次試著和女同學溝通，那個女同學是在城市裡長大的嬌嬌女，女同學說跟她換可以，但是要幫她洗便當盒一個月。

蟲蟲答應了，然後換到了跟我同一個寢室。

蟲蟲跟我一起課間玩耍，然後約定俗成不管急不急，只要一方要去上廁所，那麼另外一方也要陪同，來信裡蟲蟲說，當時我心裡的想法很自私，我很害怕你被其他的同學搶走，所以我做這個約定，然後慢慢養成習慣，而到後來一起排隊打水打飯洗衣服，我都希望可以跟你作伴，這樣我就沒有那麼孤單了。

你被其他同學檢舉去溜冰被冤枉的事情，我比你還難過，我當時還想辦法去打聽到底是誰告的狀，後來確定了是其中幾個人的時候，我還跑去質問他們，差點被一個男生打了。

來信還有很多，我有些疲憊了，我請我媽接著念給我聽，我一邊看著電視劇。

我媽坐在沙發上，用老家的方言一個個字念起來。

「小令我沒有告訴你的一件事情是，我媽前段時間去世了，她得了重病，在床上躺了很多年，我每個週末都要回家照顧她，所以我沒有辦法跟其他的同學出去玩，也沒有辦法邀請你到我家做客……」

「現在我媽走了，我自己一個人哭了很久很久，家裡還有弟弟也要上學，姐姐早就出去工作了，我覺得我爸的壓力很大，我也不打算上高中了，我姐幫我找了一間高職，三年畢業出來就可以找工作賺錢了……」

「我爸在家裡很忙也很累，我不好意思跟他要錢，其實我很想去看看你的，但是家裡的事太多了，我覺得自己總是脫不開身，所以我很抱歉。」

我媽讀完這一段的時候，我根本沒有認真看電視，或許也是那個時候年紀小，不太懂得生離死別這個消息的嚴重，倒是我媽念著念著，聲音開始哽咽起來，然後嘴裡嘮叨著，「哎，可憐這個孩子，家裡窮一點都沒關係，沒有媽了就真的太可憐了，就算是有親姐姐，也比不上那份母親的疼愛啊……」

後來的幾張紙，我媽就沒有念下去了，我把信整理好放在自己的抽屜裡。

時間一瞬而過，那個暑假很快過去了，我開始上高中，然後認識了更大的世界。一樣是學業壓力沉甸甸，匆匆而過的日子，伴隨著補課，休息的時間越來越少，假期也越來越短，一開始的那個高一假期，我總覺得沒有收到蟲蟲的來信覺得有點奇怪，但是這種念頭一晃而過了。

接著是大學考試，然後是大學，而後畢業工作，一晃已經過去十年。

這十年間，我結識了很多新朋友，然後彼此慢慢走遠，再慢慢認識新的另一批朋友，偶爾過年回老家想起蟲蟲這個人的時候，覺得她也不過是我這些年的老同學中最普通不過的一個。

人來人往，總是過客，我也漸漸學會了適應人生的這種狀態。

5

去年我們家搬新家，我休年假回家幫忙，整理起自己藏起來的很多小東西，我翻到蟲蟲最後那一次給我的來信，後面兩張紙我一直沒有看，信紙都已經發黃了，最上面一層還有一堆茶漬一樣的圈圈。

我小心翼翼打開那兩張信紙，慢慢看著，然後眼淚慢慢掉下來。

「我不知道我們這次分別，下一次見面會是什麼時候，我總有種隱隱約約的感覺，覺得這次分別會很長久，我很害怕，因為我覺得現在的生活一塌糊塗，我想找個人傾訴，找個人安慰，我只能找到你了，可是我又不好意思跟你說希望你能回信給我，哪怕是打一通電話給我也好……」

「小令，我想通了，我覺得我們不是一個世界裡的人，你那麼優秀，你的成績一定可以上好的高中，你的未來還有好的大學，你的人生一片美好，但是我要為家裡著想，我這一次去念高職，畢業就要去工作了，我要學會長大以及堅強了。」

「我不會要求你到了新的高中以後也能寫信給我，因為我知道，真正的友情，是應該祝福你得到更多更好的，我不能因為自己的不順利而牽絆住你，更不能影響你的心情，謝謝你這三年把我當成真的朋友，我會在心裡感激你一輩子的。」

這一刻，我的記憶回到十年前，那個國中畢業我們在操場上轉圈圈的夜晚，這個叫做蟲蟲的女孩說的那一句，「雖然你對別人都一樣友好，但是對我而言你不一樣，你有我也有他們，可是我只有你一個朋友。」

那天搬家，所有家人都很忙，我來不及釋放自己的悲傷，我在房間裡發呆了一會，家人來來往往，我不好意思哭出來，只是靜靜坐著，望著眼前的夕陽，隔壁人家的炊煙裊裊，然後放空，出神。

後來上班空閒的時候，我就會打開通訊軟體，在條件搜尋裡打上「蟲蟲」兩個字，然後跳出一大堆名單，我看著各種奇怪的頭像，心裡猜測著哪一個有可能會是我想要找的那個人。

蟲蟲是她替自己取的名字，每次來信的時候她最後的署名就是這個，她曾經告訴過我說自己就像一隻默默無聞的小蟲，在這個世界裡小心翼翼的活著，但是她也希望自己是可愛的是歡樂的，因為身高不是很高，她經常自嘲自己是一隻肥蟲。

夜裡發呆的時候，我也會安慰自己，我辜負過別人，也被辜負過，我曾經跟很多朋友有過歡樂的回憶，但是我從來不曾意識到，自己那三年的陪伴對於這個叫做蟲蟲的女生來說，是件份量如此之重的事情，而我自己卻把她也等同於我生命裡很多的其他兒時小夥伴，覺得淡忘就算了。

侯孝賢在《最好的時光》裡說過，所有的時光都是被辜負被浪費後，才能從記憶裡將某一段拎出，拍拍上面沉積的灰塵，感嘆它是最好的時光。

當你懂得珍惜的時候，已經是再也不可挽回的時候了。

我們贈予過別人歡暢的美好時刻，那也是我們青春歲月裡難得的美好記憶，如今的我也沒有再想著要去想辦法尋找蟲蟲，這十年足以改變很多事情，即使我願意但是她也不一定願意再與我相見了，我唯一的念想，就是順其自然，接受就好。

敏感的人容易多情，也不容易放下，我現在也不會再勉強一定要有很多很聊得來的朋友，但是我有那麼兩三個死黨閨密，我試著透過提升自己，彼此鼓勵進步，保持我們幾個人盡量走在同一個節奏的狀態裡。

我們一起討論著結婚生子，也想著賺錢了偶爾去看看世界，最重要的是我們明白，即使不在同一個城市，但是我們並不孤獨，這種「你不是一個人在戰鬥」的感覺，會讓我對每一個下次聚會都充滿期待。

電影《後會無期》裡說，「每一次告別，最好用力一點；多說一句，可能就是最後一句；多看一眼，可能就是最後一眼。」用佛家的觀點來說，**我們生來就是要學會來告別的，只是這個道理放到自己身上的時候依舊難免感傷。**

林志炫的《離人》歌詞：「你的心事三三兩兩藍藍，停在我幽幽心上，你說情到深處人怎能不孤獨，愛到濃時就牽腸掛肚。」

之於親情，之於愛情，之於友情，你不敢想明天，我不肯說再見，但是我們知道，每一次告別天上就會有顆星又熄滅，那就珍惜吧，即使他不知道他對我而言有多重要，但是

我自己要知道，我更要感激，因為對我自己而言，不再辜負那些我不想辜負之人，我的使命就完成了。

「春濃怎奈風月輕，既來塵世可無情？」倉央嘉措這一句，便是我此時此刻的心境了。

我們生來就是要學會告別的，
只是這個道理放到自己身上的時候
依舊難免感傷。

如果不知道自己喜歡什麼，至少要知道自己不喜歡什麼

每一種結果都是你自己的選擇，
做好承受一切的準備，
你就可以無需在意別人的眼光跟評價，
然後選擇自己的生活方式了。

1

看了一個關於畢業季的討論文章，裡面有一個憂傷的回答：最讓人感傷的，就是再也沒有「下個學期見」這句話說出口了，從此以後天涯各去一方，你總以為的再見，有時候就是真的再也不見了。

金秋季節的九月應該算是一個充滿儀式的月份，我在社群網站上看到許多朋友第一天送孩子去幼稚園的消息，然後我想起最近有集實境節目《爸爸去哪兒》的真心話環節，軒軒被問到喜不喜歡去幼稚園，得到的答案就是不想，我覺得這也是大部分的孩子脫離自己的父母，開始走入群體生活的第一道坎吧。

我沒上過幼稚園，直接上小學，那天早上我坐在我爸自行車後面的座椅上，背著前一天晚上我媽幫我收拾好的新書包以及各種文具，我至今已經沒有多少印象了，只記得我爸送我到學校門口，說了一句，你自己進教室吧。

我很疑惑，因為身邊的小朋友都是爸媽陪著進教室的，有的父母乾脆直接站在教室外就不走了，教室裡鬧哄哄的，老師還沒有來，我的眼前一片混亂，然後我一轉身，我爸的背影早就不見了，我本來有點壓抑在心裡想哭的情緒，瞬間又深深的壓下去了。

現在回想起來，其實我是有資格哭出來的，我大可以拉著我爸的手要他陪我走進教室，要他在門口外面守著我，甚至可以發脾氣求著他一定要等我到放學回家，可我終究是個慢熱的小孩，別的小朋友在父母要離開的瞬間就使出殺手鐧大哭大鬧，而我竟然過了很漫長的一陣子，才意識到我也是需要被照顧的。

可是我爸就是走了，在其他陌生人面前我不敢表露情緒，於是忍住了。

熱鬧的教室裡，老師走進來了，她自我介紹，說她是我們的班導師兼國語老師，現在希望大家先自己找座位留下來。

當時的我站在門邊，拎著一個水壺，看著眼前彼此熟悉起來的小朋友有些已經湊在同一桌了，我卻始終不知道如何跟別人進行第一步打招呼。

這時候一個小女孩走過來，說你跟我坐在一起吧。

我不記得自己當時的心情了，只是懵懵懂懂的被她牽著小手拉到一個座位上，然後我們就坐在一起了。

這應該算是我人生中的第一個同學，她說她叫保齡球，我一瞬間就笑了，說這個名字好奇怪，她也笑著回答我，這是家人替她取的小名。

保齡球小姐後來在我的生命裡來來去去，我們一起上小學同班到三年級，然後我轉學到別的學校，國中之後我們又走進同一所學校，高中三年我們分開，接著就分開一直到了大學直至現在，她現在也在深圳定居，已經是兩個孩子的媽媽了。

很多年後我問起保齡球小姐，為什麼開學第一天你願意跟我一起坐，她回答說，因為班上只有你跟我剪了一模一樣的髮型，所以我覺得我們是同類的朋友。

我噗嗤一笑，那一刻真是在心裡感謝我媽，這麼明智的幫我維持著很多年的櫻桃小丸子髮型，也讓我拿著這個膚淺的標籤，找到了我的第一個班上好朋友。

❷

對我而言，開學季是輕鬆而又快樂的，這種狀況一直持續到小學畢業，每一個金秋九月，我就會帶著我媽給的零用錢，到當時街上唯一的文具店挑選一個新的鉛筆盒，還有可愛的鉛筆跟圓珠筆，當然還有五顏六色的書套。

我把這些帶回家，整齊的放進我的書包裡，睡覺前要檢查好幾遍，有時候夜裡甚至有些興奮，腦海裡開始想像著，我這個學期要是可以跟那個我喜歡的男生同桌就好了，可是好像老師又說現在女生只能跟女生坐一起了，還有我希望換一個數學老師，因為之前的那個女老師太凶了，經常擦黑板擦得吭哧吭哧響……

我在想像中入睡了。

第二天一大早起床，我替自己綁了一個高高的馬尾，髮圈也是新買的花色，走在清晨陽光普照的路上，鳥兒在叫，天空湛藍無邊無際，路邊的小菜園裡早就有阿姨來澆水除草了。

走到學校門口的時候，遠遠就傳來了廣播裡放的那一首進行曲，我至今也不知道是什麼章曲，但就是熟悉的那個旋律就對了。

然後我開始快步小跑，飛奔進教室，同學們各自找到自己的好朋友，嘰嘰喳喳，一個學期又開始了。

3

國中之後，我到比較遠的地方去上學，第一個學期還是開心的，見到了來自不同城鎮的同學，再也不是那些在家附近一條街上都認識的熟人了，我們開始適應新的規則，新的狀態。

我的脆弱也是從那個時候開始的。

我打電話回家，說起自己的不順利，從班上的同學不熟悉，到要開始自己住宿舍自理生活的不適應，跟我同一個小學畢業的同學大部分都恰好分配到了另外一個班，而我在的班級裡卻是一個小學熟人都沒有。

我跟老師提出請求，說想調換到隔壁班，班導師回答說，分班的事情一開始就定下來了，所以是不能輕易調整的，你要學會好好適應就是了。

一個星期後，班上有個男生換去了隔壁班，於是我又跑去找班導師，問為什麼他就可以換班級，班導師這一次開始敷衍我，沒有正面回答，只是要我好好回去上課。

我跟我爸說了這件事情，他說想想辦法幫我問問，後來的事情就不了了之了。其他的同學早就開始新的國中生活，我卻是每個夜晚在宿舍裡不停哭泣，我要的很簡單，就是想跟之前熟悉的那些同學在一起。

很多年後，我開始意識到那是一種叫做孤獨的東西，我害怕陌生，害怕新的一輪人際

關係，害怕要自己一個人洗澡吃飯上廁所，總是我就是害怕一個人。

後來我才知道，我爸找了很多人幫忙，但是終歸能力有限，而那個一說要換班級第二天就過去的男生，他的爸爸是當時縣政府某個部門的高官。

那是我人生中第一次領悟到，我們生而為人，但是有時候得到的待遇是不一樣的。

我記得很清楚，有一天下晚自習的夜裡，我跑去找班導師訴苦，說這個不公平的對待讓我很難過，還沒說幾句話，我就開始抽泣發抖，說話也變得不順暢。

班導師問我，我就不明白了，你為什麼一直要吵著要去其他班級，我們的任課老師都是一樣的啊？

我淚眼婆娑，說我想跟自己熟悉的朋友在一起。

這個時候我看見班導師臉上有了一絲詭異的微笑，然後他說，你升國中的入學成績在我這個班上是排名第一的，你覺得我怎麼可能會放你去其他的班級呢？其他班上的班導師當然歡迎你過去，可是他們也絕對不會同意拿一個一樣成績好的同學來交換對不對？

他說了一句，呵呵，我又不傻。

那一刻，是我第一次覺得有種恐怖的感覺襲來，也是我第一次因為自己的好成績而憎恨不已，也是那一刻我知道自己換班級的希望是徹底消失了。

我繼續哭，哭了快半個學期，可是即使這樣，我的期中考試還是莫名其妙拿了第一名。

後來的日子裡，我果然不負眾望，每一次考試都是班上前三，可是我終究對這個班導師提不起太多好感，我是個渴望得到別人認可表揚的孩子，可是每次班導師在講臺上對我表示讚賞的時候，我總覺得他那張慈祥的面孔背後彷彿在說，你看吧，幸虧當時沒有把你放走，要不然我這個班的成績考核怎麼辦？

這十幾年的讀書生涯裡，很多老師我都不記得了，唯獨這個國中班導師，我現在閉上眼睛都能想起他的樣子。

去年過年回家我在車站等車，人群中有一個熟悉的面孔冒了出來，果然就是那個國中班導師，他送女兒來坐車，有一瞬間我跟他的目光撞擊在一起，那一刻我覺得他的感受跟我是一樣的，感覺眼前這個人很熟悉，但是又有些變化。

就在我琢磨著要不要過去打招呼的時候，他正向我走來，那一瞬間我趕緊低下頭，假裝在看手機，還把自己的帽子壓得很低很低。

過了一會兒，我感覺到他已經送自己的女兒上車，然後準備離開了，我抬頭看他的背影，十三年過去了，說沒有變得蒼老那是不可能的，他的腳步也有些蹣跚了，還是帶著一副眼鏡，肥胖的身形跟以前一樣，只是這一刻我看他比以前矮了很多，就像我回家看自己的爸媽彷彿也矮了一些是一樣的感覺。

我在心裡問自己，你在糾結什麼？逃避什麼？他是你的老師啊，你不應該過去打個招呼嗎？難道你就因為那點小事一直恨他到現在嗎？

我想了一會，然後開始明白，我不是恨他，這麼多年過去了，那點不起眼的所謂不公平待遇在我眼裡早就是小事一樁。

我其實是害怕，因為他是唯一一個除了我父母以及我男朋友以外，見過我崩潰大哭狼狽至極的人，我不用翻日記都能記得那個在走廊的夜裡，我知道自己的祈求無濟於事，我也開始接受不公平這件事情的存在。

那個夜裡，我覺得自己一夜長大，我第一次有了接受現實這個體會，這種感覺先是不

甘心，然後是痛苦，繼而開始說服自己妥協，再慢慢轉移情緒，投入到認真上課學習的狀態中。

我沒有漸漸忘卻這件小事，我只是逼迫自己要集中精力在學習上，所以這個看似封塵的記憶，其實稍稍提起，依舊在我心裡灼燒起來，甚至還有些許疼痛。

我挺感激這個班導師的，他就像我生命裡的一個小小仇人，一個讓我得以成長並且開始強大的有教育意義的仇人。

❹

到了高中，九月份的開學季就沒有那麼欣喜了，我至今對於自己的高中沒有多少記憶，有人說那是因為人對痛苦歲月的記憶沒有那麼多，但凡回憶起往事也總是傾向於選擇快樂的那部分，於是久而久之，那些漫長的學業壓力跟模擬考的日日夜夜，我終究不記得多少。

至於那些小自卑跟小情緒，也是很多年以後我才敢提起的，因為我至今沒有修煉到敢面對自己那些青春歲月裡遺留下來的關於憂鬱、壓抑、迷茫、自卑、痛苦的心結，我只是透過文字慢慢走在梳理想法的路上而已。

也就是說，我的高中是不快樂的，儘管在這三年的歲月裡，我結識了自己生命裡最重要的兩個閨密朋友，但是我還是沒有辦法說自己是快樂的。

5

到武漢上大學，是我第一次離開家鄉去到一個很遠的城市，這裡的金秋季節很漂亮，校園門口大樹林立，操場上很多學長學姊擺起了迎接新生的帳篷，有個男生帶我到自己的宿舍，我走進那個房間的門口，然後開啟後來的四年故事。

大學裡的開學季是伴隨著一點小激動而又有些憂傷的，因為你要開始新的學期了，但是這也意味著你也要成為學長學姐了，恍惚想起自己這一年好像什麼都沒學到，就要被迫成為這個校園裡的老前輩了，這種感覺有些不適應的糟糕。

記得小時候，我們總是希望自己長大，可是後來到了大學校園裡，我又期待著回到小時候，可以肆無忌憚的盼望著開學，無憂無慮滿是歡笑的童年記憶，那該有多好！可是後來我明白了，這是一種逃避現實的想法，大學裡意味著要經歷學習方法的轉變、思想上的成長跟淬煉，還要經歷第一次為自己人生做出規畫的選擇。

如果說以前升學考試的小打小鬧是個測試級別的關卡，那麼畢業季裡考研究所等放榜、等應徵公司的郵件跟電話通知，以及我們還沒來得及長大、還沒來得及弄清事理，就要被迫走向社會的這種赤裸裸的現實壓力才是真正的考驗，才是我人生中體會到即使被壓得喘不過氣來，但是還必須不停替自己灌輸正能量的堅強力量。

都說要找一個動力讓自己努力的生活下去，殊不知我們就是被逼著成長的，我從來就不相信有誰是一開始就主動喜歡社會這個東西的，就連我當年期盼著自己快點畢業，也並不是我多期待出社會，而是拮据的生活讓我畏首畏尾，我真的想要賺錢，僅此而已。

現在的我成了一個上班族，再也沒有寒暑假的待遇了，身邊很多同事只對週末有期待，至於那個在我們十幾年的漫長人生裡，極有儀式感的九月開學季，卻再也沒有人去懷念了。

6

我經常收到很多大學生的提問，他們告訴我下個學期我就要大二大三大四了，我想給自己一個好的開始，我不想再像上一年那樣辜負自己的時光，可是我又不知道怎麼辦。

身為過來人，說實話我的大學時光也過得一團糟，我沒有資格告訴你該怎麼做，我能想到的，莫過於要堅持你自己想要做的事情，就像我的室友C小姐決定走學術的路，於是一路考上碩士博士，現在在美國當交換學生，比如我們另外幾個女生決定要找工作，就義無反顧想辦法找實習機會，一點點累積經驗。

會有人說，我真的不知道自己喜歡的是什麼？

我的原則就是，如果你不知道自己喜歡的是什麼，至少要知道自己不喜歡的是什麼，然後順著這條路反推回去，為你的每一個決定或者選擇找到合適的理由。

我的大學同學裡，有剛畢業就決定 Gap Year 的，也有領畢業證書那天順便去辦了結婚登記的，還有同學沒有拿到畢業證書，也有同學聽從家裡的安排，沒有壓力就輕鬆擁有一份工作的，**這一切的一切，如今帶給我的思考就是，每一種結果都是你自己的選擇，做好承受一切的準備，想通了這一點，你就可以無需在意別人的眼光跟評價，然後選擇自己的一種生活方式了。**

無論你畢業時的狀態是怎樣的，這些都無所謂，因為你會發現出了社會之後，真正的學習成長之路才剛剛開始，當你意識到生命如此漫長，當你意識到今後優秀人生的評價標準再也不是以分數為考量的時候，反而會覺得自己沒有那麼慌張了，因為最好的時光才剛剛開始。

很多人跟我抱怨出社會的壓力大，校園是個多麼美好的地方，曾經第一年離開校園的我也沒有適應自己已經是一個非學生的狀態，但是如今我喜歡做的事情是，在九月金秋的早晨，在家裡的黑板寫上「開學快樂」幾個大字，然後告訴我自己，人生這所大學才剛剛開始，而且值得慶幸的是，我還年輕，我有的是精力、能量、勇氣以及不妥協，來跟這個世界較勁。

即使我知道下一秒，我就要走入人來人往的上班洪流中，即使我今天有一堆的工作難題要解決，即使我知道這個世界裡的某一個角落裡，總有人鬧饑荒，總有人鬧乾旱，馬路上天天都會蹦出個車禍，還有人不幸生於常年戰亂之國。

可是我們生而為人，有過這般平凡普通的生活，我就願意鄭重其事的對待每一個儀式感的日子，我就願意在這八月末的夜晚裡喝著一杯清茶，回憶些許我也曾經有過的校園歲月，這些日子，這些往事造就了我，也成為了我。

多少人曾愛慕你年輕時的容顏，可是誰願承受歲月無情的變遷？不管這個我是成功還是失敗，重要的是我依舊獨立於世，還在努力向上之中，這才是不辜負生活，不辜負時光，不辜負青春，不辜負往事一場的意義所在。

當你懂得珍惜的時候，

已經是再也不可挽回的時候了。

沒有一種青春是容易的

他把存在的東西比作一條河，
聲稱人不能重複踏進同一條河，
因為當人第二次進入這條河時，是新的水流，
而不是原來的水流在流動了。

❶ 啦啦是個女生，雖然她長得很像男生。齊耳短髮，體能很好，每年學校運動會總是包辦長跑短跑冠軍，她也喜歡跳舞，即使跳得不算好，但學校時代畢竟不是演藝圈，身為一個積極活動份子，啦啦也算得上是很讓大家喜歡的人，所以每年文藝晚會的表演，老師也都會交給她處理。

啦啦是我的國中同學，但是我們不熟，雖然同班但也很少說話，我只是在每天早上做廣播體操時，遠遠的看著高高瘦瘦的她在第一排帶領大家做體操。

啦啦不算好看，但是就是我眼中那種讓人無比羨慕的清秀女生，在我已經開始發育變得又醜又肥的日子裡，她就像我是看到的青春偶像劇裡的女配角，大剌剌，但是隨便穿一件T恤搭配一條熱褲，瞬間就有種夏天來了的感覺。

說實話我其實並不嫉妒啦啦，因為我已經自卑到連羨慕她的心思，都大大超越了我對她擁有的天賦會產生的嫉妒。

可是即使是這樣，啦啦卻依舊喊著要減肥，當時學校餐廳有賣早餐，但啦啦從來不吃早餐，就看著我們在宿舍的走廊上把早餐吃完，正當我要去洗碗的時候，啦啦一個箭步移動過來，然後奪過我手裡的餐盒，一口把剩下的湯全喝下去了，連一點蔥都不剩下。

第一次的時候我被嚇壞了，於是我問她，你是沒帶伙食費來嗎？

啦啦大笑，不是啦，我只是不想吃早餐而已，吃早餐會胖的。

當年的我只是疑惑的問，可是你不吃早餐會沒有精神上課吧？

啦啦說，沒事，我自有辦法。

課堂上老師在講解幾何題如何畫輔助線，啦啦坐在我旁邊的座位上，她的臉色有些發白，我看了她一眼，她拿起一根尺，狠狠的往自己的手心一拍，然後瞬間就清醒了。

啦啦喝了一口水，繼續聽課。

後來的日子裡，啦啦都會守著我的早餐的那點剩湯剩水，有時候我想換一下口味，吃麵包配豆漿，可是一想到啦啦這樣就沒得吃了，我於是對著餐廳阿姨說，還是來一份湯麵吧！

其他的同學覺得很奇怪，在他們眼裡，啦啦就是個奇葩，家境不錯，偏偏這麼糟蹋自己，但啦啦不管，中午吃飯的時候，啦啦也都是向這個同學討一口飯，那個同學討一口菜就這麼過來了。

時間久了，有些同學就有意見了，說啦啦你總不能為了自己省錢，就吃百家飯過日子吧？

從此以後，啦啦每個星期都會從家裡帶一堆零食過來，一小包一小包分給幾個寢室的女生，後來的日子裡，啦啦連晚上都不需要自己去打飯了，我們幾個人去打飯的時候都會問啦啦一句，你今天想吃什麼？

啦啦說了幾個菜，然後我們其餘的幾個人就會分配一人選一種菜，這樣就可以讓啦啦都嘗到了。

❷

啦啦的媽媽來學校看她了，騎著一輛自行車，齊耳短髮，送了幾個便當盒給她，外加很多水果，啦啦她媽幫她把髒衣服收拾一下，沒有說話就離開了。

啦啦把她媽帶來的便當盒打開，蘿蔔燉牛腩、紅燒肉，還有臘腸炒四季豆，整個寢室頓時香氣彌漫，啦啦喊我們幾個女生過去，說你們把這些菜都分了吧。

我說那怎麼行，你媽好不容易才來一次，你自己不吃多可惜啊！

啦啦說，那你媽不是從來就沒有來過學校嗎？

我說我媽來這一趟不容易，坐車要坐大半天呢……

啦啦笑了，說好那我知道了，以後我請我媽多過來送飯菜就好，這樣你們就不會不好意思吃了對不對？

我們來不及害羞，直接就把那一頓飯菜瓜分得乾乾淨淨。

之所以很多年以後我還記得這幾道菜，是因為當時是冬天，學校餐廳的飯菜很容易冷掉，有時候去晚了就剩一堆渣渣了，連一滴油水都沒有，所以那天啦啦媽媽過來把那些菜打開的時候，真是感覺一堆關在牢裡的毒販，聞到了熟悉味道的瘋狂。

果然啦啦沒有食言，她媽後來來得很頻繁，幾乎每週五都會過來一次，每次我們都是等著她媽離開，然後餓狼撲食奔向她媽帶來的菜，有一次她媽忘了拿東西了返回宿舍，我們幾個女生慌張到手裡的便當盒差點就摔了一地。

我問啦啦，為什麼你媽每週五才來？你們家住學校附近，不是每個週末都可以回家嗎，你第二天回家就能吃到好吃的飯菜了啊？

啦啦啃著一個蘋果說，我沒跟我媽住在一起，我爸過世得早，我媽改嫁了，我跟我奶奶住一起，她也不願意去家裡看我，因為她那邊的家裡已經另外有孩子了，她週末得照顧他們。

我覺得有點尷尬，啦啦倒是一副無所謂的樣子，說我從小就跟奶奶一起住習慣了，但是我奶奶身體不好，常年吃藥，因為怕把病傳染給我，所以每次吃飯的時候她都會分成兩份，她一個人在廚房先吃了，把她那副碗筷洗了另外放好，然後把飯菜端出來給我吃。

我自己一個人吃飯，十多年了，飯桌上沒有別人，客廳只有電視的聲音，小時候喜歡看電視，現在不愛看了，所以週末在家的時候，就只有我一個人吃飯的聲音。

我問，所以你才喜歡吃從大家手上分來的飯菜？

啦啦說，也不算，我只是喜歡那種鬧哄哄的感覺。

❸

啦啦喜歡上了一個男生，是個學霸型的清秀書生，那個時候清秀的長相可是最受歡迎的類型啊，一頭黝黑的頭髮，瘦長的身材，皮膚白嫩，還有一口整齊的白牙，啦啦最喜歡的事情，就是看學霸男生朝會時候當司儀的樣子。

啦啦說，他的聲音真是溫柔的如一汪池水一般。

啦啦寫紙條給學霸男生，學霸男生沒有回應，啦啦再繼續反覆寫了幾次，還是沒有回應。

有一天下課，啦啦在教室外的走廊上擋住了學霸男生，啦啦比學霸男生還高一些，她還剪了個更短的短髮，活脫脫一個女漢子。

學霸像隻受傷的小野獸，屈服於啦啦的淫威之下，旁邊的一堆男生在吹口哨，經過的女生也竊竊私語。

啦啦問，你為什麼不回我的紙條？

我丟了。

難道你覺得我不夠好嗎？

不是，我只是一心想好好念書，還不想談戀愛。

啦啦一臉壞笑，你的意思就是說，你也不討厭我，你只是不想談戀愛而已，但是我可以繼續喜歡你吧？

學霸男生不知道回答些什麼。

啦啦放他回去教室了。

這一群吹口哨的男生裡，有個學渣叫天賜。

天賜自己每次都說他爸幫他取錯了名字，他這麼不愛讀書，成績一塌糊塗的人，居然有一個這麼大氣磅礴的名字。

4

轉眼到了夏天，學校裡有個教務主任，是個色狼，當然這是很多年後我才知道如何判斷的。

教務主任每天晚上都會來宿舍巡邏，說是督促我們趕緊洗漱上床睡覺。

他每次都會走進寢室，繞著走道走一圈，女生們穿著睡衣，有時候脫了內衣就穿個小背心，昏暗的宿舍燈下，教導主任從每一個床位走過去，慢慢的移動，有時候也不說話，空氣裡彌漫著一股詭異的氣息。

後來我們學聰明了，每次主任過來巡邏，我們都趕緊拿著被子蓋在身上，有時候大熱天那一瞬間蓋上去真是要把人悶死，有一天主任進來二話不說，直接掀開一個女生的被子，女生瞬間就叫了起來，啦啦馬上衝過去拿了一件外套蓋在女生身上。

主任一臉淡定的說，聽說男生宿舍那邊有人晚上打牌，我要檢查你們這邊有沒有這個情況。

啦啦說了一句，可是即使這樣你也不能直接就掀開女生的被子啊？

主任有點急了，他扶了一下眼鏡，鼻頭上沁出了點汗，然後假裝鎮定的說，我這叫突襲檢查，誰知道你們前一秒有沒有人就在打牌，等老師過來了就馬上用被子藏起來。

啦啦站起來，說那現在你可以放心走了吧？

主任一臉囧相，無奈的往宿舍門口走，啦啦一直緊隨在他身後，直到看他走出宿舍的大門。

5

天賜喜歡上了啦啦，每天下課都會買一瓶飲料放在書桌上給她，啦啦不理會天賜，依舊在下課時間看著學霸男生的背影發呆。

週末的時候天賜找啦啦一起騎自行車回家，啦啦說我要留在學校複習功課。天賜一臉不屑的表情，哼！就你這個水準，即使再怎麼複習，也追不上你的那個學霸男的。

啦啦說，這跟你沒關係。

天賜有些惱火，然後說，我告訴你，你就是一個沒有人要的人，人家條件那麼好，怎麼會看得上你呢？你沒爸沒媽，你有什麼資格談一場美好的戀愛？

最後一句，真是觸碰到啦啦的底線了，啦啦拿起桌上的水杯，直接往天賜頭上潑了過去。

那天下午，我們這些家裡不在學校附近的孩子都留在教室裡複習功課，很多年後我想起那個畫面，也是無限感慨，原來偶像劇裡那些淋雨潑水的情節，真的是存在於現實生活裡的啊……

天賜沒有反抗，任憑這一頭的水把書桌上的東西都弄濕了，他說了一句，其實我們才是最配的，我沒有想過什麼遠大的人生，我也不愛念書，我只想把這些無聊的日子耗下去就好，你難道不也是跟我一樣的人嗎？

這一次，啦啦忍著眼淚，衝出了教室。

❻

有一天夜裡，啦啦在宿舍起來上廁所，她下意識的拉了一下窗簾，窗戶外突然冒出一個身影，就在啦啦要尖叫的時候，影子瞬間就沒了。

後來的幾天，啦啦半夜總是睡不著，她悄悄跑到窗戶下面偷瞄，透過窗簾的縫隙，果然看到那副熟悉的面孔，那個帶著金絲邊框眼鏡的教務主任，在摒氣凝神看著寢室裡的女生，夏天熱得厲害，好多女生直接就踢開被子，攤開大腿睡著了。

過了一會兒，身影不見了，啦啦走到門口的縫隙去看，主任轉移到另外一間寢室的窗戶邊，繼續偷瞄著。

這一次啦啦學聰明了，她找了兩個女生，然後打開寢室門衝到走廊，走廊瞬間就亮了起來，啦啦大聲的喊了一句，主任這麼晚了你還在這裡啊？

宿舍夜晚的回音很大，因為天氣熱睡的也不熟，啦啦這一叫把很多女生都喊醒了，我們披著外套，衝到走廊竊竊私語。

主任質問啦啦，你這麼晚起來幹什麼？

啦啦說，小陽突然肚子痛，我們正準備帶她去保健室。

主任狠狠瞪著啦啦說，小陽肚子痛關你什麼事？她自己去保健室就好，你在這裡搗亂幹什麼？

啦啦還是一副天不怕地不怕的樣子，然後問主任，那你半夜在這裡幹什麼？

主任氣急敗壞，我是怕你們睡不好，過來看一下，我大半夜的犧牲自己的睡眠時間難道不辛苦嗎？

越來越多的女生醒來出來圍觀了，本來安靜的宿舍也變得鬧哄哄。

後來的結果是，啦啦被拉出去罰站了一個晚上，還連同另外幾個女生，小陽也在其中，處罰的理由是不按時作息，擾亂宿舍紀律。

我不知道她們是多久才被放回來的，第二天早上起床的時候，聽說她們在操場上跑了十幾圈，然後據說主任告訴她們要通知家長過來，這麼一說，那些女生都被嚇哭了，小陽也站出來說自己不是肚子痛，是啦啦教她這麼做的。

隔天早上，朝會時間校長宣布了處分公告，啦啦被記了警告，這代表著她再也不能報考市區的好高中了，雖然我至今不知道這個規則是怎麼來的，總之在那個時候對於一個學生而言，就相當於有了一個很大的污點了。

從那以後，班上好多女生都不敢跟啦啦一起玩耍了，就連以前打飯分給啦啦吃的一群好同學，也開始漸漸躲著她了，啦啦照樣不愛自己打飯，下課時間總是啃著零食。

一個月後，教務主任被學校調走了，據說是隔壁班有女生向校長告狀，說主任對她不懷好意騷擾她，一開始學校不相信，總是敷衍了事，後來有一次女生被喊去主任的辦公室，說是要輔導她的課業，然後教務主任開始動手……女生哭著衝出辦公室，然後直接跑回家。

第二天女生父母過來了，帶著浩浩蕩蕩的一票親戚，女生爸爸是律師，在當地小有名氣，開始跟校長對質。

然後就是聽到主任被調走了，至於去了哪裡我們也不知道。

7

天賜依舊每天買飲料給啦啦，有一天晚自習，啦啦去找天賜，說我答應做你女朋友了。

天賜高興得手舞足蹈，召集他的一群兄弟，然後叮囑大家，以後啦啦就是你們的嫂子了，她說什麼你們得當命令一樣執行知道嗎？

從此以後，啦啦每天的打水打飯，值日掃地的事情，全部都由天賜的兄弟負責。

天賜也是個細心的人，啦啦的大姨媽總是不準時，於是天賜總是跑去抓調理身體的中藥，然後去學生餐廳付錢請阿姨幫忙熬藥，用保溫壺裝好帶到教室裡，悄悄放到啦啦桌子上。

兩人戀愛的事情被學校知道了，老師要通知家長過來，啦啦跑去告訴老師，我家就奶奶一個人，她已經走不動了，我已經可以為我自己負責了，你們看著辦吧！

天賜的爸媽過來了，平日裡一副桀驁不馴的天賜，在他爸媽面前就跟個膽小鬼似的，躲在一旁話不說一句。

天賜媽媽站出來說話了，我們都是有頭有臉的人，上班的地方都知道了我們家兒子的事情，你這個不認真讀書的壞女生，不要再來破壞我兒子的正常生活了好嗎？

啦啦說了一句，難道成績不好就不配擁有愛情了嗎？

天賜媽媽回答，你根本就不懂愛情，你是沒有爸媽養的孩子，你的家庭就是沒有愛的……她還沒說完，啦啦拿起桌子上的資料夾，狠狠的往天賜媽身上砸了過去。

天賜媽媽叫了起來，你這個野孩子，太沒有教養了！

啦啦跑出校長辦公室，也沒有去上課，就窩在宿舍裡的床上，也不知道是睡覺還是抽泣。

後來的日子，啦啦就再也沒有理會過天賜了，她只是默默的看著曾經喜歡過的學霸男生每天從身邊經過，卻連遞紙條給他的勇氣都沒有了。

8

後來升高中了，我到了另外一個學校上學，也漸漸忘記過往的同學。

直到有一天，我聽到有同學傳來消息，說啦啦被她就讀的高中開除了！仔細一打聽，啦啦居然懷孕了，而且懷的竟然是天賜的一個兄弟的孩子！

在這些斷斷續續的消息裡，我才知道，啦啦跟天賜到了同一所高中，天賜重新追求她，啦啦也答應復合，只是啦啦週末開始去學校附近的酒吧做兼職，說是她媽給的生活費不夠自己花了。

有天夜裡啦啦在酒吧陪客人喝酒，醉了以後打電話要天賜來接她，可是天賜一直不接電話，啦啦只好找天賜的兄弟過來。

那個兄弟把啦啦送回家裡，奶奶早就睡著了，後來的事情，啦啦自己也不記得了。

有一天早上做早操，啦啦突然暈了過去，然後下體流了一堆血，周圍一眾女生都被嚇壞了，天賜衝過去背她去醫院。

啦啦在醫院醒來的時候，天賜安慰她說，你放心，我已經找人來了，一定要教訓那個不要臉的人，還說跟我稱兄道弟，看我不把他弄死……

啦啦淡淡的說了一句，我是故意這麼做的，就是為了報復你而已。

天賜很震驚。

啦啦說，你還記得當年你說的話嗎？你說我就是一個沒有人要的女生，好人家的那些乖乖男是不會看上我的，既然我不配擁有愛情，那麼我又何必真的把你當成我的男朋友呢？

這一次，天賜終於不再生氣，也沒有任何反駁。

後來我聽到的結局是，天賜去把醫藥費結了，然後就離開醫院，家裡替他辦理了轉學手續，幾天後他就離開了，而啦啦出院後，學校就通知說開除她了。

後來，我就再也沒有聽到啦啦的消息了。

9

上大學的時候，我有天在老家的超市遇到啦啦，她變黑了，依舊很瘦，但是留了一頭中長的頭髮，不再是以前那身酷酷的裝扮，反而變得有些淑女。

啦啦看見我，第一時間給了我一個擁抱。

我的身體有些僵硬，也有些無所適從，畢竟以前的那些上學歲月，我也只是身為一個跟她不熟的旁觀者，看著她在校園裡扮演者一個酷女孩的形象，有時候有些羨慕她，但是又不敢跟她走得太近。

啦啦說，她後來去到了南部的一所職業學校，學習美容美髮的課程，然後去髮廊打工，現在她已經是設計總監了，最近準備開另外一家分店，老闆也給了她一點股份。

我問起她奶奶的情況，她說這一次就是回來看奶奶的，奶奶生病住院了，她找自己的大伯來照顧奶奶，然後她每個月回來付醫藥費。

啦啦說，你別看我現在這麼瀟灑，我當了兩年的洗頭小妹，當時我的十根手指都是爛的，全都是腫起來還有脫皮的裂痕，一沾水就痛，夜裡回到家擦一點護手霜，可是第二天客人來洗頭了，我還是得碰洗髮水，那真是鑽心的痛啊……

我看著啦啦，果然她自己也挑染了一些頭髮，她笑著跟我說，下次你有時間，我可以幫你做個髮型！

我回答說，你現在都有本事賺錢了，我還在花家裡的錢上學，真是太丟臉了。

啦啦說，你那才叫幸福好不好？

我意識到自己好像有些說錯話了，啦啦安慰我，沒事，這都是命。

我問啦啦之後有什麼打算，她說想找個老家的人結婚，大城市裡的人太冷漠太勢利，壓力也很大，她想存夠一筆錢，然後回來開一家髮廊，過平靜的生活。

我說，那你找到這個人了嗎？

啦啦說，你還記得那個天賜嗎？他前段時間結婚了，還請我去喝喜酒。

我的記憶回到很多年以前，那個有些痞氣的男生，啦啦說，我還是不好意思過去露面，畢竟當年留給他爸媽那麼糟糕的印象。

啦啦說，我不是個吉祥的人，每次總會給身邊的人帶來噩運，我也不知道這輩子還能不能嫁出去了，只是有時候想起自己的青春，彷彿一晃而過，好多事我都不願意想起，可是夜裡失眠的時候還是會浮現腦海。

那一次對話過後，我就再也沒有見過啦啦了。

10

大學的時候，我曾經有過一段時間的憂鬱症，總會在下午到學校湖邊的椅子上，一個人坐著發呆。

有時候看到旁邊草地上的情侶竊竊私語，那一刻我突然覺得自己還能在這個校園裡，有大片的青春時間可以浪費可以幻想，然後我想起那個叫啦啦的女生，早早就走入了成人世界的生存河流裡。

我不知道她那樣的青春算是糟糕還是精彩，因為我覺得自己的青春過得無聊乏味，而且根本不及她的半分轟轟烈烈，可是要是讓我選擇她當年那樣的方式，我肯定也不願意接受，所以更不敢想像了。

我去上文學課，那一堂說的是古希臘哲學家赫拉克利特的變化論，老師在講臺上說，**他把存在的東西比作一條河，聲稱人不能重複踏進同一條河，因為當人第二次進入這條河時，是新的水流，而不是原來的水流在流動了。**

那一刻我想起自己的以前那些看似無聊的求學歲月，在青春那些年裡其實過得也真是驚心動魄。

我們開始發育、變化、成長、不安，我們以老師以校規為至高無上的遵守章法，我們有很多不同於他人的念頭，卻終究壓在心裡不敢提出意見，因為害怕遭到批評。**我們萌生出跟這個世界對抗的想法，開始顯露出不同表達方式的叛逆，然後家長和老師說不要跟那些壞孩子在一起，可是我們又何嘗配得上好孩子的稱號呢？不過是壓抑在心裡的種子，沒有啦啦那般勇氣去特立獨行罷了。**

我不敢想像，如果當年的我是另外一種個性，那麼後來的我又會變成什麼樣的人。這個世界沒有假如，一切是不能倒推的。

沒有一種青春是容易的，以前我不敢說這一句話，因為我覺得每個人的成長都是需要經歷磨練的，可是事後我又有些害怕，如果當年我走的每一步稍有不順，那個被記警告處分的人也可能會是我，一步錯了之後，如果沒有人正確的引導我，那我可能真的就自暴自棄，再也不想成為好學生了。

每一個孩子，都應該被呵護，每一個學生，都應該得到尊重，每一種青春，都不應該在打壓中度過，可惜，這一切只是我一個人的虛幻意淫罷了。

我的資料夾裡存了很多的電影截圖，有一張的臺詞是，有時候我真希望自己一覺睡醒就到十八歲，躲過那些不快樂的時光。

夜裡聽劉若英的〈最好的未來〉，歌裡唱到，每種色彩都應該盛開，別讓陽光背後只剩下黑白，每一個人都有權利期待，這是最好的未來。

這一刻覺得好心酸，哪有人會真的明白每個孩子都應該被寵愛這件事，我們都不過是在成長中掙扎的孩子罷了，等到我們成為大人，生活的壓力也讓我們對孩子失去了耐心。

同一片天空下，同人不同命，我信了，可是我還是希望自己未來能成為一個還不錯的母親，我不期待我的孩子有多大的成就，我真的只希望他能夠快樂的長大，僅此而已。

說完這一句，我覺得我真的老了。

我們萌生出跟這個世界
對抗的想法，開始顯露出不同表達
方式的叛逆，然後家長和老師說不要跟
那些壞孩子在一起，可是我們何嘗就
配得上好孩子的稱號呢？
不過是壓抑在心裡的種子，
沒有勇氣去特立獨行罷了。

明白了孤單是個常態、或許你會慢慢習慣

感情有傷痛是難免的，
但是我們還是要追求一個對的人，
而這條路上是需要試錯成本的，
如果一開始就迴避了，那就什麼收穫都沒有了。

話說上週五夜裡十點的時候，我打開網站後臺，瞬間湧進了幾百條留言。或許是太在乎也太謹慎，每一個問題我都希望能有建設性的回答，有時候莫名其妙就寫了一堆，有種根本停不下來的感覺……

還是很感激有你們信任我，願意付諸你們的小故事給我，讓我慶幸萬分。挑了一些問答，不求對所有人有用，如果其中的字字句句可以給你些許安慰，那也不失為一件喜樂之事。

很長很長，建議你慢慢看。

01

大學所學的雖是自己喜歡的專業，但是了解後發現自己並不喜歡未來的發展以及要從事的行業，想要考自己熱愛的行業相關的研究所，也想要有一個更好的平臺，趁年輕多學些東西，提升自己的能力，但是覺得找工作又不是那麼容易，家裡經濟條件也普通。現實與自我意願衝突，我該如何選擇？

A

1. 沒有多少人的工作是跟大學專業相符的，我們之所以要念書接受教育，真正本意

是去掉在學校學到的那部分，剩下的那部分才是我們真正學到的東西。

2. 考研究所這件事，如果家裡經濟能夠負擔，那就嘗試看看，如果家裡不能負擔，自己想辦法借錢或者貸款也不夠，那還是沒有必要。研究所不是讓你提高能力的地方，你真的想要學什麼才是提高能力的所在，把研究所想得太美好是一件悲哀的事。

3. 最後一點，**大學畢業找工作不容易，但是為了躲避就業壓力而考研究所更是一種懦弱**，而且誰說研究所畢業就一定好就業的？小馬過河，自己試過才知道。

02

令姐好，我目前從事人事行政助理工作，不過專業技能不強，目前也沒得學更多的，而且薪資很低，公司沒什麼管理規範，部門經理不怎麼理我們部門的人。

我打算辭職去大城市找工作，不過我不清楚大城市的情況，我不知道以我現在的情況能否找到滿意一點的工作。因為每個人剛出來工作的時候本來就是一張白紙，都要經過歷練才有可能有相關的工作經驗還有專業的技能。我目前在這裡就沒有好的機會可以讓我學習成長，我畢業後就做這份人事行政工作一年的時間，因為在這家公司學不到什麼，所以想跳槽到好的公司。我想請教令姐以下幾個問題：

1. 以我的情況在大城市好找工作嗎？
2. 要怎麼做才可以提高找到薪資待遇，還有學習專業技能比較好一點的公司的機率？
3. 面試的時候做怎樣的準備才能讓自己表現好一點，能成功被錄取？

希望令姐能回覆我，我真的感到人生沒有希望，雖然我想大家可能都會罵我說這麼年輕，這一點小事就說人生沒有希望，怎麼面對接下來的考驗？

A

1. 不僅是大城市，每個地方都不好找工作，都得全力準備跟付出。
2. 先找到工作，再談待遇的事，當你處於賣方市場的時候，是沒有資格提出條件的，至於好公司的標準，這就跟談戀愛一樣，鞋子合不合適自己才知道。
3. 面試的時候，真誠至上，準備好資料，了解面試公司的大概情況，還有就是，說話慢一點，就不緊張了。
4. 以你目前應對人生的承受能力，接下來覺得人生沒有希望的日子還有很多，不過

03

大三生在未來的路的選擇問題上糾結著，現在有兩個選擇：
1. 對考研究所比較有信心，堅信自己的能力。
2. 到香港留學，申請成功的機率可能只有50%。
另外，香港留學的費用高於研究所不少，雖然家裡負擔得起，但生活品質會下降。家裡尊重我的決定，要我不要考慮經濟問題。
去香港留學算是我的一個願望，真的很糾結，到底是選擇更有把握的本地研究所，還是為夢想搏一把，選擇香港？

A

我只看到了一個詞，你覺得後者，就是去香港讀書是你的夢想，然後我看到了第二個關鍵點，你家裡負擔得起，就是生活品質會下降，根據這兩點，我來說了。

1. 既然是夢想，你還處於這個年紀，那就去嘗試看看，多少人這輩子都沒有做夢的本錢。

2. 如果你覺得少買幾個包包衣服或者少些機會到餐廳吃好料是生活品質下降的話，那孩子我告訴你，換做是我就算是吃泡麵也會把這一兩年到香港念書的機會拿下的，這世上比你困難的人太多了，要惜福知道嗎？

04

1. 覺得自己不夠聰明而且漠視生活怎麼辦？

2. 和每個人都相處得不錯但是沒有人喜歡自己怎麼辦？

3. 經常覺得別人很傻但是慢慢發現傻的是自己怎麼辦？

4. 總喜歡和別人比，如果別人比自己厲害就會嫉妒不開心是不是很讓人討厭？

A

1. 比你笨的人太多了，你算老幾？

2. 沒有人要求你跟每一個人都相處的很好，當你自己舒服的時候，才能吸引別人。

3. 我也經常覺得自己是傻瓜，但是不怕，我們可以慢慢學，慢慢建立更好的價值觀。

4. 我以前也喜歡跟別人比，但是發現如果不看你身邊這幾個人，這個環境，比你厲害的人太多了，你根本沒有資格去嫉妒，有時間多鍛鍊自己才是正事。

05 **談戀愛談了五年，越來越覺得不值得，卻又捨不得放棄，是要再努力一下，還是……**

A

值不值得，我沒有資格評價，評價的標準在你自己，感情需要激情，更需要包容，最後則是忍耐，如果這份感情你能承受的底線抵得上你所收穫的一切，那就值得，反之早放手早輕鬆。

06 **我關注你的時間沒有很長，但我很喜歡你的生活態度，在你的筆下感覺生活都變得更溫暖了。其實我是一個很神經大條的女生，但是我也很敏感，很多時候會因為外界壓力讓自己陷入困境。我想問幾個問題：**

1. 怎樣才能和自己不喜歡的人住在一起，還能保持一個好心態？

2. 我今年大三，還有一年就畢業了，大家都說要在大學談一場戀愛，而我其實並不懂喜歡一個人到底應該是怎樣的感覺。我喜歡看很多溫暖的愛情故事，可我自己卻沒有遇過，怎樣才能讓自己心情不要因為沒有出現那一個人就受到影響？

A

1. 找到她們好的地方，拚命吸取她們的長處。
2. 沒有人規定大學一定要或不要談戀愛，千萬不要把期待放在偶像劇當中，其實真實的世界才是感人而且真誠的，好的一切都值得等待，但是也別忘了把自己變得更好。

07

我七月時和一個小我兩歲的男生相親，他特地從外地趕回來，在他家裡相親，去他家的路上覺得他家好偏好遠，路還坑坑窪窪的。都是看在介紹人是鄰居，和對方是對雙胞胎的份上才去的，大家都到了，吃頓飯也沒什麼，在他們家坐了兩三個小時，覺得他們家挺和諧，氣氛還不錯，對他感覺倒是一般。

第二天他就趕回去工作了，後來一直保持著聯繫，剛開始也是無所謂，認為只是個聊天對象，後來感覺他人還不錯，覺得自己也喜歡上他了。

可是透過這段時間的聊天，了解到他沒存款沒房沒車，在外地月薪還不高，而我在老家工作月薪則比他低一點，您說他值得我放棄目前的工作奔赴異鄉，面臨新的環境找新的工作嗎？我沒有其他工作經驗，一畢業就在目前這家公司工作，我今年二十七歲，還是說一個人只要有真心就行了？其他不重要？還是我該重新調整自己繼續相親？請指點一二吧！

A

1. 真心不能當飯吃。
2. 工作的事情為什麼就非要你去外地，他就不願意回家鄉？這是兩個人的事，你不能一味的將就。
3. 找工作不是問題，前提是你是否值得為他而轉變。

4. 他比你小兩歲，就是今年二十五歲，一無所有很正常，你要看他有沒有潛力，這點看他的學識家教以及工作近況就能衡量出一二。

5. 還是要看感覺的，如果單純物質取向的相親，那也是一件可悲的事。

6. 莫欺少年窮，真的。

08

看到你分享的職場友誼，很讓人愉悅。但是初次職場經驗的勾心鬥角，讓我現在變得愛說人是非，以揣測之心去看待職場關係。

學生時代我一直是高傲冷漠的樣子，在社會中打磨，世人眼中的我都覺得我世故老練，但我知道自己還是不適應的。十分抱歉，表達有些凌亂，一如自己內心，希望能夠得到你一些職場的經驗分享，謝謝。

A

是非八卦是職場常態，但是我也只是止於跟最親近的一兩個同事，並且是點到為止的說。

很多人都說我老練，其實我只是裝傻，如果說有人透過高調獲得肯定，那我肯定是個埋頭苦幹的人，但是職場裡能出頭的最終還是取決於真本事。

沒有人能完全適應職場，要有那也是裝出來的，明白了這一點，或許你會淡然一些。

·

09

最近由於工作的關係，我經常和前女友碰面，有點尷尬，老是想到我們之前在一起的時候，我現在還是有點喜歡她，幻想和她和好，雖然這是不可能的。家人也替我介紹了對象，但是我沒心情見面。我想問問達達令我要不要和前女友聯繫？我們已經三個月沒聯繫了，謝謝。

A

拖泥帶水最不靠譜，曖昧也是最不公平的對待方式，如果不能做朋友，那就任憑時間沖淡吧，這才是有人品的前任攻略。

如果還不打算投入新的戀愛，那就不要借著走不出舊情的藉口辜負新的女孩，這也是人品問題。

10

達達令你好，我是一個大四的學生，上個月開始實習了。其實我以前覺得我的情商和智商還可以，可是真正進到公司才發現並不夠。

所以有幾個問題想請教請教：

1. 現在實習的部門是要對應客戶的，組員很多，人一多就難免勾引鬥角，所以剛一進來就有人指示要看清形勢，選邊站。我不知道該怎麼處理，如果我只想做好自己的工作，而不想被捲入這些紛爭當中，這種想法天真嗎？

2. 身為一個新入職員，是應該什麼事都積極踴躍去做，對誰都客客氣氣的，還是應該有原則一些，有稜角一些，或是應該圓滑一些？

A

我以前寫過一句，曾經我們以為自己的那些天賦，最後不過剛好夠自己做個普通人罷了。

1. 勾心鬥角是別人的事，你不選邊站，可能一時會受冷落，可是你若站錯邊，那就徹底翻船了。

2. 身為新員工，主動積極客客氣氣一樣不能缺，但是你得有底線，分得清輕重跟是非。

11

十點到了，有機會向達令姐提問，好嗨森！下面開始問問題啦，我是聽話的好孩紙～

1. 達令姐你現在一定過的很充實很幸福吧？有穩定的工作，有男朋友，可以用文字結交這世界上那麼多喜歡你的人。

2. 達令姐，前幾天我還寫了信給你，也預料到你不會回信，可是我還是想問你那個問題：你怎麼看待所謂難忘而刻骨銘心的大學愛情和友情？我怎麼覺得我的大學生活裡，不會出現這種感情呢？感覺可以一眼望到底，也不會有什麼成績，我覺得這不是大學應該有的狀態，所以想問問你對這個問題，或者對我的想法的看法？

A

1. 幸不幸福我不敢說，但是至少比以前舒坦多了，因為失眠也好了很多，看來用心過日子跟恍惚而過真是不一樣的，心情好，其實反而不長痘痘了呢。

2. 郵件來信可能有時候回覆得不是很及時，望原諒，至於大學裡的難忘愛情，別希望一場愛情就可以讓自己的大學生活就變得所謂充實，這個生活的主角是你自己，等待一個人來救贖你那是個笑話。

12

達達令，結婚前是不是應該先試婚？有過磨合，這樣才算負責。那麼問題來了：如果我只是支持周圍的朋友、能理解他人這樣的做法，對自己卻無法做到的話，是怎麼回事……還有怎麼找一個完美男友，希望不會太為難你……

A

試婚是必須的，我有太多同學都是匆忙結婚現在忙著離婚了或者後悔了，彼此磨合是最重要的事。如果你自己做不到，或者不接受這一點，那就說明你沒打算跟這個人過後半輩子，或者你以為激情可以維持一輩子，這是不可能的。

哪來的完美男友？沒有的。

13

達達令，我是個內向又有點自卑的女孩。
說到自卑，我覺得很多時候都是自己在不斷的否定自己，自己給自己不斷施加壓力。大學的青澀戀情被父母否定，之後就再也沒有談過。有時半夜醒來會想想到底是害怕父母反對，還是更害怕自己受傷？
我承認我是自私的，我更怕自己的感情會被人玩弄。我也知道有時讓人成長的往往不是甜蜜，更多的是傷痛吧，只有經歷過才能比較，才能明白適合與不適合。
我一直比較在意第一眼印象，覺得初識的好感才是開始的先決條件。可是至今為止的相親經歷，讓我覺得第一眼印象真的是可遇而不可求。
你認為一段感情的開始應該是怎樣的？還是說緣分未到做任何都只是徒勞？

A

1. 我也很內向很自卑，我知道這是原生家庭的無奈，我們一生不可能改過來，但是如果你想活得更好，就必定要把自己赤裸裸的解剖一遍，重建自己的價值觀。
2. **感情有傷痛是難免的，但是我們還是要追求一個對的人，而這條路上是需要試錯**

成本的，如果一開始就迴避了，那就什麼收穫都沒有了。

3. 一段感情的開始應該是好玩的，不管開頭彼此的印象是好還是不好，但是一定要有印象，而下一步的關鍵，就是你有沒有願意繼續下去的欲望。

14

姐，我有一些問題想聽聽你的看法，是關於感情方面的。

我跟她是在大學認識的，認識的方式還有點奇葩，她室友看上我的室友了，約出來見面，結果我跟著去了，她跟著去了，然後室友沒成，我倆成了。

我倆是遠距離，發展了兩年畢業了就面臨要分開的問題，我從來不相信畢業是個失戀的季節，然而今年我們算是走到了盡頭。

我們兩個的感情沒有絲毫的問題，問題就出在遠距離，她的家裡不同意，然後替她介紹對象，我們就這樣一直僵持到了今年的四月份，可能是她迫於家裡的壓力吧，然後就成了現在這個樣子。

我們都是彼此的初戀，我不想就這樣忘記他，然後我就跟她約在一家刺青店見，約在了十月份，正好是我的生日前幾天。

很諷刺，姐，你覺得我這樣做值得嗎？跟一個哥們兒說過這件事，他們說我傻，可我真的不想就這樣忘記，我該怎麼辦？

A

感情怎麼開始的有千萬種方式，所以也你們的奇遇也算是緣分一場。

遠距離最大的問題是女生的安全感，你要麼證明你自己可以給她很好的生活，然後有主動權安排你倆的未來。

當然這也要看女生，女生大部分禁不住家人勸的，要麼她足夠愛你，可以跟你一起克服困難，要麼就是她覺得你也不這麼值得自己拚了下半生去託付，這是你無能為力的地方。

盡力一場，即使不行了也不會有遺憾。

15

為什麼我總是覺得生活沒有激情？彷彿自己想做的事情都沒有完成，每天就只是混日子似的，但實際上也是忙了一天……

A

因為你做的都不是自己想做的事，哪怕你現在被生活受限，但是也得給自己一個未來的願望清單，滴水成河，千萬不要明年你身邊的人都變得更好，而你還在怨念之中。人跟人的區別不在於當前，而在於他願意為未來準備些什麼。

16

達令，我來訴說我的煩惱了，我是個一九九三年出生的女生，因為沒有上大學，所以比較早開始工作，現在也二十二歲了。老家那邊總會有人來說媒，但是我都沒看過，因為看過好多別人相親的經驗都不是很好，所以現在心裡很排斥，然而家裡人又覺得我到這個年齡了，可是我不想這樣……還有一個問題就是工作，我想要轉行，又害怕會不會有些晚，因為畢竟不像大學生剛畢業，家裡又在催促人生大事，心裡好煩……親愛的達令，來回答我吧。

A

相親可以開放一點看待，不成也沒關係，就當吃個飯長見識了。

工作轉折，無論是什麼學歷任何背景的人都要經歷的事，該學什麼就去學好了，不要害怕。還有就是不要把問題放大來看。

17

達令，看到你說今晚會回答我們的問題，我心裡一下蹦出了「終於等到你」的歌詞，我也趁此機會向你請教一點問題。

1. 有時候我有煩心事，卻發現沒有一個人能說，儘管遠方有家人，身邊有男朋友，有一起生活一起吃飯一起上下課的女性朋友。但我卻感覺和她們都談不了心，更談不了人生理想。我嘗試過，終究覺得不是同一個頻道的人。所以很多時候我只能一個人憋著，藏在心裡，一個人坐在樓梯口吹風。但是我還是覺得我是個積極樂觀的人，卻沒一個可以說心裡話的人。我不知道問題出在哪？

2. 我現在就讀英文系，以後卻不想從事與英文有關的工作，那我這四年學習專業知識、考相關證照，豈不是都成了忙著虛度光陰，然後畢業後一切從頭開始？

A

1. **大部分時候我是不跟別人訴說心事的，因為我覺得她們還沒有比我自己擅長安慰自己，明白了孤獨是個常態，或許你會慢慢習慣。**還有就是轉移注意力，好吃好喝好玩都行，一旦找到對的方式，以後就可以長期使用了，我的方式是吃甜食，對我自己很有用。

2. 我的閨蜜W小姐大學時被迫就讀英文系，她大學裡考完所有的專業證照，另外修了一門會計，現在在知名外商企業工作，本事還怕嫌多嗎？

18 你能給大齡單身女性一點建議嗎，是堅持自己尋找靈魂伴侶的夢想，還是聽從大家的建議，相親找一個合適的人過日子？

A

大齡單身從來不是障礙，開拓生活圈才是大事，這個年紀的你沒有必要像小女孩那樣的嬌羞，大大方方提高出席率，盡可能的介紹自己，至於要不要聽別人的建議，別人也會不幫你生孩子不是嗎？

19

1. 在這個陌生的精神世界裡，你覺得什麼是真實的，什麼又是值得銘記的呢？
2. 現實中的生活，難免會遇到你喜歡的，不喜歡的，又該怎麼去將這些愛的恨的好好的掩飾呢？
3. 面對失業兩天的自己，突然發現整個世界好像都沒有了自己的容身之處了，不知道自己能做什麼，該怎麼去調節、去整理這不堪的情緒呢？

A

1. 陌生的精神世界裡，親情愛情跟友情是讓我覺得最真實的部分，也是我覺得生而為人值得慶幸並銘記的部分。
2. 現實中，遇見喜歡的人和事，我會想辦法靠近，不喜歡的，我會一開始忍受，然後長自己的本事，離開這個圈子就好。
3. 你才失業兩天，有些人就從來沒有工作過，只要你願意付出，謀生不是一件難事，前提是你願不願意。

20

達達令，我是公務員，二十多歲，曾經真想這麼一輩子下去，但是晉升困難，錢也就那麼一點。

父母生病，自己也拿不出多少錢來，覺得自己很沒用，有時候真想辭了工作去大城市，但是父母覺得女孩子家考上公務員很好，他們不同意。

我很矛盾。

A

我說過，體制內外不分好壞，只分是不是你想要的。

父母有面子是大事，父母的健康更是大事，矛盾根本不在於父母，在於你為什麼不問問自己想要的是什麼？

21

達令姐，我現在很迷茫，不知道為什麼現在天天上班雖然覺得很充實，但是卻沒有剛開始工作時的激情了。

感情方面也是很不順心，家人也是老是在催趕快結婚，每天總是感覺心不在焉的！

不知道有沒有辦法讓我走出現在的狀態？

A

上班本來就無聊，所以要找點動力，可能是加薪、進修或是找有意思的人玩耍，不要關閉自己。

感情的事情催不來，但是你也要自己去尋找，心不在焉不是大事，調節好了就好，但是以心不在焉為逃避生活的藉口就不對了。

22

達達令姐姐，女孩應不應該主動追求自己喜歡的人呢？我有一個青梅竹馬，我們小時候是感情很好的玩伴，經常一起唸書，一起玩耍。可是隨著小學畢業，他回到了自己的故鄉，我們失去聯繫了六年。

隨後他以優異的成績考入了北京的知名大學，並且成績首屈一指，如今在澳洲留學，兩年後回來。而我則大學考試失利，現在在一所普通的學校。

我很喜歡他，可是卻有些自卑。能感覺到他對我還是有好感的。我現在除了努力讓自己更優秀外，還應該主動些嗎？好害怕他和別人在一起。謝謝您啦！

A

1. 想盡辦法去追，不要管結果。

2. 即使最後不成，也不要自責是自己不夠優秀，愛情裡沒有高低貴賤之分，只有包不包容。

3. 為了他變得更好，哪怕最後那個人不是他，也是渡你的人，這不是壞事對吧？

23

您好，我想請問您對婚姻是怎麼看的？我才二十歲還在外地讀大學，但每次回家都要去相親。今年暑假有一個相親對象主動約我出去，我對他印象還不錯，就跟他開始交往，在此之前其他的就是見一面，就無疾而終了。結果不到一個星期的時間，他竟然想要跟我訂婚，這個我實在是無法接受。

我是第一次談戀愛，不大清楚到底喜歡一個人是怎樣的感覺。之後就開始見各自的家長了，我見完還沒反應過來。

經過差不多的一個月的相處，我覺得我們真的很不合適，因為沒有話聊，最怕的就是這件事。但我媽卻很喜歡他，結果就這樣不明不白的拖到現在。因為見過了家長，他覺得我就像他老婆一樣了，他太大男人主義了！占有欲太強了。你覺得我該怎麼辦？怎麼去拒絕？我覺得我對婚姻有種恐懼感。

A

我不知道你們是哪個地方的習俗，讀書時代就開始相親，那你哪來追求自己想要的愛情的權利呢？

我不判斷對錯，但是你要和媽媽好好溝通。要是我媽要我跟一個我只見過一次面的人訂婚，那我絕對不是她親生的。

你媽喜歡他，但是她不能幫你結婚幫你過日子啊！

24

和老公結婚七年了，為了支持他的事業，我向銀行貸了很多錢來支援他，可一年過去了，事業沒有什麼起色，卻發現他外面有了其他女人。

剛知道的時候第一個想法就是離婚，可是考慮了很久，看在孩子的份上還是想原諒他了。可是時間越久越覺得他心裡根本就沒有我了，現在真的很想離婚，可是那麼多貸款我一個人是無力償還的，我現在該怎麼辦啊？一直等下去嗎？

A

女生輸什麼都不能輸了安全感，貸款的事你得自己有一個底線，如果金額太大，更需要跟你丈夫簽訂合約。

他在外面有女人，你們願不願意過下去，這不是他決定的，是你來決定的。現在你要做的，就是不要無理取鬧，首要之事是先把貸款壓力轉移。

我要勸所有的女生一句，哪怕是你親媽，也不要把所有底牌亮出來，何況是丈夫。

25

1. 最近兩年，大概每過四五個月左右，總是覺得自己前段時間像活在夢裡似的，為什麼會這樣？憂鬱症？正在準備考研究所，每天看書，睡覺要睡很久，一天十個小時都覺得不夠，也覺得自己反應變得很遲鈍，和別人聊天常常腦筋反應不過來。

感覺意識經常斷片，大腦不受控制的感覺。

2. 覺得自己情感方面有人格缺陷，怎樣去面對和克服？
3. 當大多數人認為我錯的時候，我認為我沒錯，但自己又看不透，該怎麼辦？
4. 與異性相處時，總是很不自在，大腦一片空白，不知道怎麼辦？
5. 我沒有穩定價值觀和人生觀，該怎麼辦？幾年前覺得崩潰過。

A

1. 集中考研究所，總會耗費精神，要調整自己的狀態，從作息飲食開始，不要逃避。
2. 人格缺陷的人太多了，找出問題解決才是重點。
3. 無法判斷一件事情的時候，那就交給時間做判斷就好。
4. 異性不是怪獸，可以先讓自己變得有趣起來。
5. 價值觀的磨練是一輩子的功課。

26

你對婚姻怎麼看？對愛情怎麼看？對女人是否應該有事業怎麼看？如果讓你選愛情

和事業你會選什麼？

A

羅素說，為了愛情放棄了事業，非常愚蠢，也非常英勇；而為了事業放棄了愛情，同樣非常愚蠢，不過一點也不英勇。

27

姐姐你好，有兩個問題想問你：

1. 你如何看待自己在樣貌與才華上與他人的差距？
2. 二十幾歲的年紀，如何始終保持一個積極良好的心態？

A

1. 比我美比我厲害的人太多了，我現在的想法是，怎樣用我手上擁有的資源打出一副好牌，別人的輝煌跟我無關。
2. 二十幾歲的人，最大的壓力就是生存以及精神上的迷茫，要不斷激勵自己，更要知道一點，很多人跟你有一樣的困惑，你只要稍微跑得快一點，收穫的可能會多很多。

28

1. 我念哲學系，學校還不錯，但自己一直很排斥這個專業領域，所以不愛讀書，成績很普通。但偏偏自己又是一個野心很大的人，修了雙學位，全身心投入了雙主修，成績很棒。經過兩年，自己又愛上了哲學，但卻為就業深深憂愁……
2. 我其實是渴望當官的那種人，類似學生會長這些，但自己偏偏喜歡裝出淡泊名利的樣子，這兩年就到處轉轉看看，國內差不多快轉完了，我很糾結自己的選擇。
3. 這兩年因為沒有在學生會，也沒有好好學習，專注於健身跟烘培，還自學了樂器，感覺自己還算可以，但卻又覺得不夠。
4. 身高很矮，一五〇，大三，還沒戀愛，任何事情都會聯想到矮，深深的自卑感。
5. 我一方面想要過那種很成功的生活，成為一個女強人，能夠在大城市生存；但今年去了一趟拉薩，再看了幾本文青的流浪書，覺得開個民宿也不錯，流浪的生活也還可以。

但內心總覺得深深不安，是一時情緒作祟還是什麼，無法知道，最近的困惑很多，謝謝達令，也不知道你會不會回覆，不過說出來我很開心。

A

1. 如果你打算做研究，可以繼續哲學這條路，如果不是，那就盡量把哲學那一套理論用於實踐中，你的格局會比別人開闊很多。
2. 學生會長不是官，出了社會什麼都不是。
3. 有些愛好，說明你是個熱愛生活的人，熱愛的程度怎麼能都用同樣標準去評判呢？
4. 矮不是問題，怎麼整理自己，學會揚長避短才是問題。
5. 流浪的夢很美好，可是我告訴你，在西藏雲南開民宿的都是有錢人，還是先把自己養活了再說吧。

29

大人介紹認識一個女孩給我，我們在通訊軟體上聊了幾天，感覺各方面都蠻合適的，可是本人不善言辭，尤其是在通訊軟體上，近來也不聯繫了。

該怎麼辦，把她約出來嗎？我們還沒見過面。

A

社交網路的發達，就是為了先讓你們彼此了解的，聊到自己最舒服的狀態了，再約見面也不是件壞事。

30

達達令你好，從小到大跟家裡優秀的哥哥比起來，我就是一個鮮明的反例，家裡只有爸爸比較疼愛我。讀小學開始，我就和家人無盡的爭吵，直到四五年級，成了單親家庭，那段日子我終身難忘。也許是因為年紀尚小，有很多因素讓我變得叛逆，跟我媽的代溝越來越深，直到現在高三了，更是如此。

將近十年數不清的爭吵，話不投機半句多，她叫我以後不用再去讀書，我還沒那個能力獨自養活自己，養了三年的狗狗前陣子也被她送走了，所有的情緒都藏著。

也許正如她所說，我就是自私、不孝，但我真的很累，念書的壓力加上來自她的壓力，我時常想，如果我現在可以自己賺錢，我根本不用靠她。

有句話說的不錯，求人不如求己，親人也是如此。
我清楚自己的夢想，成為建築師，小有成就足矣，但現在我不知道前路如何，只知道我現在卡在這裡了，想不出辦法解救自己。

A

有些人生來父母緣就是很薄的。

1. 是單親不是你的錯，但是你不能把這個當成你可以叛逆的藉口。
2. 是她可能也在為自己這失敗的人生懊惱，難免拿你出氣，你要試著包容她，然後想盡一切辦法繼續上學。一定要上學，盡量不要起衝突，為了你自己的未來，先完成自己的讀書生涯，等到你可以獨立了再去做下一步的打算。

31

為何越愛一個人，越後退。

A

因為覺得自己有了軟肋，卑微到如同塵埃，但是也別忘了，塵埃也能開出花來。

32

哈囉達達令，我是個女生，今年二十六啦，一直有想到大城市發展的念頭，我現在在家鄉的銀行做理財經理，因為家人也都在這，所以不得不謹慎決定！因為這個決定不是情非得已，而是放棄現在安逸而穩定的工作，如果繼續待在家鄉，沒有意外的話，再過一兩年就可以買房買車，有升職的空間，但要是到大城市闖蕩，卻要從頭再來。

為什麼有這樣的念頭？目前我的生活讓身邊的人都覺得非常理想，可是我卻不滿意，圈子有些過窄，在職場能學習到的人事物也少，我在想是不是能有更大的發展空間，維持現狀的話我職涯會越來越窄，例如只能待在同一個地方同一個行業，可我並不滿足於現狀，我希望未來的路能越走越寬。

最好的閨蜜在大城市工作，我這幾年也經常去找她，我滿喜歡這個城市，可畢竟長期發展和短暫逗留是完全不一樣的性質。

所以我想問的是：

1. 你在大城市奮鬥了好些年，你認為在大城市生活最可怕之處在哪？除了房價高之外。
2. 視野開闊之後，欲望和野心不斷膨脹，周遭比自己更優秀的人比自己還努力，這種精神壓力是否可以消化？

A

1. 大城市很殘忍，如果你停滯不前，終究會被挫敗，除了房價，還有各種隱性的壓力，也是優勝劣汰原則吧。
2. 視野開闊之後，欲望和野心不斷膨脹，我也在用行動讓自己配得上這份野心，至於周遭比自己更優秀的人比自己還努力，那你就更沒有資格偷懶了啊！

33

達達令，我今年二十四歲，畢業兩年，在家鄉工作，待遇不是很好，發展空間有限。我現在想換條路走，想考會計專業的研究所，但是其實我自己也不大了解會計這個行業，就是朝著相對好找工作的方向去的，可是另一方面我又擔心研究所畢業之後也無法找到理想的工作，到時也已經二十七八歲了，你說我該怎麼辦呢？

A

人生所有的焦慮都在於自己給自己設限，考會計的前提是你喜不喜歡，如果只是為了好就業，那你會很痛苦。

至於找工作，從來沒有一開始就能有理想工作這個說法，把自己養活了再談選擇，這樣可能比較現實一些。

34

大學剛畢業的我找到了一份還不錯的工作，同學和家長都覺得這個工作不錯，但是這家公司跟我剛開始的想像差距很大，工作也是做得很不開心。想過年後就換工作，家長有些反對，但是我實在不想在這裡待著了，覺得很糾結。

1. 工作不到一年就跳槽，這樣會不會太浮躁呢？
2. 去找工作的話，新公司會覺得我是一個沒有耐心的人嗎？
3. 我應該年後就走，還是工作一兩年之後再辭職呢？

A

不到第一年就離職也不算浮躁，但是前提是你這一年要有所累積。

另外，你自己得在工作中找尋新鮮感，每一份工作都有不好的地方，適應了基本那些坑坑洞洞，那之後你的得失心也就沒那麼重了。

35

1. 我該怎麼安排大學生活，才不會留下遺憾？
2. 期待新的校園生活，如何可以在同學中脫穎而出？
3. 我該怎麼維持舊的友情以及和新的朋友相處？

A

1. 你不要人云亦云，更不要被別人帶壞，多讀書不是一件壞事。
2. 為什麼要急著脫穎而出呢？漸漸累積本領，時間總會給你答案的。
3. 友情需要用心用錢，更需要彼此的相同步伐，缺一不可。

36

我今年二十二歲，我覺得我沒有動力，實習又覺得這個社會好累。好煩。

A

煩夠了就要動起來了，因為如果你還活著，實習後面的事情有更多的煩，去面對去解決才是對的解決方式。

37

達令，當你感到壓力大的時候都是如何調節的？

A

哭一場，或者跑步出汗，或者吃甜的，任何一個都管用。

其實還有很多問題來不及回答，我現在心裡唯一的想法，就是希望讓自己更快更好的成長起來，向更多的人請教，聽更多的故事，看更多的風景，好讓我這個內心世界能夠配得上接下來的很多提問。

總之，長長短短的日子，多謝你們陪伴我這一年的春來夏走秋至。

柴米油鹽都是經歷，雞毛蒜皮都是故事，這是我們僥倖得此一生的源泉所在。

微文學32

我們生來就不是為了取悅別人

作　者——達達令
主　編——楊淑媚
責任編輯——朱晏瑭
書名手寫字——阿旭寫字公司
封面設計——今日工作室
內文設計——林曉涵
校　對——朱晏瑭、楊淑媚
行銷企劃——謝儀方

第五編輯部總監——梁芳春
董 事 長——趙政岷
出 版 者——時報文化出版企業股份有限公司
一〇八〇一九臺北市和平西路三段二四〇號七樓
發行專線——（〇二）二三〇六六八四二
讀者服務專線——〇八〇〇二三一七〇五
（〇二）二三〇四七一〇三
讀者服務傳真——（〇二）二三〇四六八五八
郵　撥——一九三四四七二四　時報文化出版公司
信　箱——一〇八九九臺北華江橋郵局第九九信箱

時報悅讀網——www.readingtimes.com.tw
電子郵件信箱——yoho@readingtimes.com.tw
法律顧問——理律法律事務所　陳長文律師、李念祖律師
印　刷——勁達印刷有限公司
初版一刷——二〇二〇年四月十日
初版五刷——二〇二二年三月二十五日
定　價——新臺幣三二〇元
（缺頁或破損的書，請寄回更換）

本作品中文繁體版通過成都天鳶文化傳播有限公司代理，經廣州小江小湖文化傳媒有限公司授予時報文化出版企業股份有限公司獨家出版發行，非經書面同意，不得以任何形式，任意重製轉載。

時報文化出版公司成立於 1975 年，並於 1999 年股票上櫃公開發行，於 2008 年脫離中時集團非屬旺中，以「尊重智慧與創意的文化事業」為信念。

ISBN 978-957-13-8150-3
Printed in Taiwan

我們生來就不是為了取悅別人 / 達達令作. -- 初版. -- 臺北市 : 時報文化, 2020.04
面；　公分

ISBN 978-957-13-8150-3(平裝)

855　　109003554